乳頭温泉から消えた女

山本巧次

JN030406

集英社文庫

乳頭温泉から消えた女

一

北海道の西に位置する積丹《しゃこたん》半島が人を魅《ひ》きつける理由は、二つある。一つはここで採れる、舌をとろけさせるような味わいのウニ。もう一つは、美しい海景である。

積丹の海岸は、北海道の海辺の多くがそうであるように、切り立った崖になっている。見通しの良い場所に立てば、海に突き出した崖の連なりと、水中から顔を出した様々な形の岩、舞い飛ぶ海鳥などが織りなす景色が、人々の目を和ませる。

そして最も素晴らしい見ものは、真っ青な海の色。南国の明るいエメラルドグリーンとはまた違う、引き込まれそうな深い青である。いつ頃からか、これを称して「積丹ブルー」という言葉が生まれ、この地の夏の最大の売りになっていた。

だがそれは、晴天に恵まれたときの話だ。堀龍也《ほりたつや》は、積丹の観光スポットの一つ、積丹岬に近い島武意《しまむい》海岸の展望所から海を見つめてそう思った。今、彼の前に広がっているのは、低く垂れこめた雲の灰色を映しこみ、褪《あ》せた群青《ぐんじょう》の色合いになった海面だった。夜が明けてから小雨が降ったり止《や》んだりで、夏の終わりとしては肌寒い。シャツの上にウィンドブレーカーでも引っ掛けてくれば良かった、と、五十代の半ばを超えた堀は軽く身を竦《すく》めた。

「堀さん」

展望所の柵から身を乗り出すようにして崖下を覗《のぞ》き込んでいた、堀よりも二十ほど若い同僚の笠井《かさい》が、振り向いて声をかけた。

「ここから落ちたみたいですね」

笠井は柵を指で叩《たた》いている。堀はその部分に顔を近付けた。

「微《かす》かに、ですが、擦《こす》れたような跡があります」

堀は目を眇《すが》めて、笠井の指先辺りを凝視した。言われればそう見える、という程度だ。

「俺の目じゃ、よくわからんな」

笠井が、苦笑らしきものを浮かべた。

「老眼だから、とか言わないで下さいよ」

「いいや、老眼だ。目も頭も、もう二軍落ちさ」

「まだ五十五でしょうに」

「俺が警察に入った時分は、五十五なら引退の年だ」

冗談めかして言ったが、半分以上は本音だった。近頃、体も気力も衰えてきたことは、はっきり自覚している。北海道警察に奉職して三十五年、世間の耳目を集めるような大事件に関わることもなく、大きな誤りを犯すこともなく、ただ地道に勤め上げてきた。おそらくあと何年か、昨日と変わらない明日を繰り返しながら、退職の日を迎えるのだろう。今いる余市《よいち》警察署の刑事・生活安全課が、警察官としての最後の職場になるのかもしれない。既に自身の興味は、仕事ではなく趣味の釣りの方に、重心がだいぶ移動していた。退職したら、第二の職場に落ち着くまで、しばらく釣り三昧《ざんまい》も悪くない。女房は文句を言うだろうが……。

堀は首を振った。取り敢《あ》えずは、目の前の仕事だ。

「鑑識に言って、柵からホトケさんの服の繊維でも出ないか、確認してもらえ」

笠井が「はい」と応じるのを聞いて、その脇から下を覗き込んだ。草や岩が邪魔して真下は見難《みにく》いが、青い夏の制服姿の警察官が何人か、石だらけの海岸で動いているのが見える。

「下に行きますか」

笠井が言ったので、「ああ」と頷《うなず》いたものの、溜息《ためいき》が出た。ここから海岸までは、崖の土を削って作った階段状の遊歩道が通じている。下りるのはいいが、帰りにこれを上るのは、堀にとっては結構きつい。

若い笠井は、堀の体力など慮《おもんはか》るでもなく、さっさと小走りに遊歩道を下り始めた。堀はもう一度下を見て、いったい高さ何十メートルあるんだ、とげんなりした。

「ホトケさん」が横たわっているのは、さっき笠井が展望所で示した位置の、ちょうど真下辺りだった。先に下りて周辺を検分していた鑑識係の中原《なかはら》が顔を上げ、軽く挨拶した。

「ご苦労さん。やっぱり落下の傷が致命傷かい」

遺体に手を合わせてから堀が聞くと、中原は遺体の頭部を指した。

「後頭部に大きな傷。他にも骨折箇所はあるでしょう。まあ、頭の傷が致命傷で間違いないでしょうね」

遺体の傍らの石には、べっとり血が付いていた。詳しくは解剖を待っての話になるが、見たところ堀も、言うまでもなく中原の見方に異論はなかった。

「何か落ちてないか捜してますが、特になさそうです」

ならばホトケは持ち物を、身に付けたままということだ。堀は改めて遺体を観察した。男性、五十歳前後。夏用のスーツ上下とポロシャツ、黒の革靴。腕時計は古いロレックス。落ちたとき石に当たって壊れたらしく、盤面のガラスが割れている。驚いたことにまだ動いていた。さすが高級品、と感心するが、死亡推定時刻を確認する助けにはならない。

「こんなのはめてるってことは、サラリーマンじゃなさそうですね」

笠井がロレックスを見て言った。

「自営業かもな」

堀はそう言いながら、手袋をはめた手で上着とズボンのポケットを調べる。免許証、鍵束、スマホ、名刺入れが出てきた。堀は名刺入れに二十枚ほど入っていた名刺と、免許証の名前を照らし合わせた。

「三島卓朗《みしまたくろう》。今年で五十一歳か。株式会社浅木工務店《あさきこうむてん》専務取締役。これ、小樽《おたる》の建築会社だな」

「ああ、そうですね。うちの近所でも工事やってたこと、ありますよ」

笠井が名刺を見て言った。

「後で行かなきゃいかんな」

堀は名刺を名刺入れに戻すと、近くにいた制服警察官を呼んだ。

「通報で最初に来たのは、あんたかい今川《いまがわ》さん」

「はい、そうです。八時半に到着して、現場確認してすぐ報告を入れました」

入舸《いりか》駐在所の今川巡査部長が答えた。堀も見知っている相手だ。入舸の集落は島武意海岸から南側の海辺に下りたところで、直線距離で数百メートルしか離れていない。駐在所からここの駐車場まで、ミニパトで五分とかからないだろう。一一〇番通報したのは朝八時過ぎにここへ来た観光客で、展望所から海岸に下りて遺体を発見したという。

今は駐車場に止めた自分の車で待機してもらっていた。

「あんたが着いたとき、駐車場には車は二台だけだったんだね」

「そうです。シルバーのレンタカーが通報者の、白のカローラがホトケさんのです」

駐車場は展望所の背後、歩行者のみ通れるトンネルを抜けたすぐ下にある。今はその二台の他、堀や中原たちが乗ってきた捜査車両やパトカー計三台と、今川のミニパトが止まっている。現場を封鎖したので、他の観光客の姿はない。まあこのご時世でこの天候なら、観光客がさらに大勢来るとも思えなかった。

「ホトケさんがここへ来たのを見た人は」

「いません」

今川は即座に答えた。三島が転落死したのは、未明のことだろう。夜中に来る観光客はいないし、駐車場脇に食堂兼土産物店があるが、そこの家族は当然寝入っていたはずだ。堀も一応確認しただけで、目撃者がいるとは最初から考えていない。駐車場と遊歩道には、防犯カメラはついていなかった。三島がここに来たときの様子は、誰の目にも触れていない。まあ、仕方ないなと堀は思った。

「堀さん、ご遺体の身元についてだけ署に一報入れといたんですが」

笠井が自分のスマホを見せて言った。

「課長が言うには、浅木工務店って、結構ヤバくなってるらしいですよ。コロナで当てにしてた工事が幾つか取り止めになって、資金繰りが」

「経営難、か」

「それを苦にした自殺、でしょうかね」

笠井が同情するような目を遺体に向けた。

「そう決めつけたもんでもないが」

堀は曖昧《あいまい》に返した。まだこれから、第一発見者の話を聞いて、浅木工務店と家族に話を聞いて、解剖に立ち会って、と手順を踏んで行かねばならない。とは言え、今のところ自殺を否定するようなものは、何も見つかっていない。

「通報した人の話を聞きに戻るか」

堀が言うと、笠井はすぐに同意して遊歩道の長い階段に向かった。堀は中原に手を振ると、延々と上に向かって続く階段状の道を見て、舌打ちした。

展望所まで上り切ると、立ち止まって大きく何度も息をついた。

「おい、ちょっと休ませろ」

笠井が振り返って笑う。

「結構鍛えてたんじゃないんですか」

「何年前の話をしてるんだ。腰にも来そうだ。ちっとは労《いたわ》れ」

はいはい、と言いながら笠井は堀の横に立ち、周囲を見回した。

「灯《あか》りはないな。ホトケさんが来た頃は、真っ暗でしょう」

笠井の言うように、展望所にもトンネルにも照明具は見当たらなかった。真っ暗な中、こんな場所へ来たのは、余程の理由があったということだ。

「少なくとも、事故ってことは考え難いな」

ですよね、と笠井が相槌《あいづち》を打った。やはり、自殺か。

そこで堀は、ふと思ったことを口にした。

「おい、ホトケさんは懐中電灯なんか持ってなかったよな」

「え？　ええ、海岸にもそんなものは落ちてなかったようですが」

「真っ暗な中、どうやって歩いたんだ。昨夜は月も出てなかったぞ」

笠井は、一瞬怪訝《けげん》な顔をした。が、すぐに納得顔になって言った。

「スマホがあったじゃないですか。スマホで照らせば、充分歩けますよ」

「ああ、そうか」

堀は未《いま》だに現代機器に弱い自分の頭を叩いた。

「スマホを解析すりゃ、自殺を匂わせるようなトーク内容が出てくるかも、ですね」

笠井が続けて言った。もう頭の中で、自殺と決めているようだ。近頃は紙に書いた遺書など残してくれず、ＳＮＳなどで自殺をほのめかしたり別れの挨拶をして逝ってしまう自殺者も多い。自殺現場から遺書が見つからないと騒いだのは、昔の話だ。

「だから結論を急ぐな。わかってるだろうが」

堀は、自分も自殺だろうと考えていながら、笠井を窘《たしな》めた。三島が転落したとき、この場には他に誰もいなかった、ということが証明されない限り、建前としても殺人の可能性は残るのだ。

「いやもちろん、承知してますよ」

笠井は急いで言うと、照れ隠しのように足を速めた。

トンネルを出ると、駐車場までは急な下り坂になっている。駐車している車全部と、張り番をしている制服警察官が見えた。新しい訪問者は、いないようだ。シルバーのレンタカーに近付くと、ドアが開けられ、夫婦らしい四十くらいの男女が外に出て軽く一礼した。第一発見者だ。お待たせして申し訳ありません、と笠井が声をかける。

堀はそちらに歩きながら、ちらりとトンネルの方へ目をやった。この件が自殺だとして、ホトケはどうしてこんな辺鄙《へんぴ》な場所を選んだのだろう。町中のビルの屋上でも、小樽港の岸壁でも、もっと手軽な場所があったろうに。

積丹に何か思い入れがあったのか、と堀は思った。故郷なのか、思い出深い場所なのか。そういうところを死に場所に選んだ例は幾つもある。まあそれも、ホトケの周辺の調べが済めば全部明らかになるだろう。堀は疑問を脇によけ、二人の第一発見者の前に出て一礼すると、警察手帳のバッジを示した。

二

緑に呑《の》み込まれそうな場所だ。そんな風に思った円堂雅流《えんどうまさる》は、盛岡で借りたレンタカーのフィットを砂利敷きの駐車場に止めると、外に出て大きく伸びをした。谷沿いにうねうねと続いてきた道の終点、鬱蒼《うっそう》とした木々に囲まれた場所である。

ドアロックしてバッグを持ち、二十メートルほど歩くと、江戸時代の関所のように黒い角柱が二本立った入口の門があった。秘湯鷺《さぎ》の湯《ゆ》温泉、と墨書きされた看板が、角柱に掲げられている。そのすぐ奥には、藁《わら》ぶきの長屋のような宿泊棟があった。円堂はその風景を見て、いかにも秘湯らしい雰囲気だと満足し、一人で何度も頷いた。

緑濃い夏もいいが、彩り豊かな紅葉の季節も絶景だろう。そして最も味わい深いのが、雪に包まれた冬。冷えた空気がピンと張り詰め、モノトーンの深閑とした世界に、露天の湯から湧き上がる湯気。思い浮かべるだけで素晴らしい……。

円堂は夢想を消して、門から敷地の中に入った。冬景色は、ネットの写真で見ただけだ。いつかゆっくり、心置きなくここの湯に浸《つ》かって、雪見酒と洒落《しゃれ》込《こ》みたいものだ。そう考えながら、宿泊棟に挟まれた道を奥へ進む。左の棟には格子窓と引き戸が並び、各室に外から直接出入りする構造になっていた。右の棟には玄関口があり、普通の旅館と同様、内廊下から部屋に入るらしい。フロントは、左の棟の一番奥にあるはずだった。円堂は、味わい深い造りの左右の棟を交互に見ながら、ゆったりした足取りでフロントに向かった。

引き戸を開けて入ると、先客がいた。フロント、と言ってもソファを並べたロビーなどはなく、土間の横に昭和の頃のローカル駅の出札窓口みたいな受付台があるだけだ。その土間に若い女性客が立って、フロントの中年の男性スタッフと何やら話していた。二人の表情と口調からすると、少々込み入った話のようだ。円堂は引き戸のところに立ったまま、おとなしく順番を待った。

「だから、絶対おかしいんです。私がこの時間に着くのはわかってるのに」

「はい、それはわかりますが、お連れ様はチェックアウトしておられませんし、館内のどこかにおられるのかと」

「でも、荷物がないんですよ。バッグも服も。何もないんです」

聞くともなしに、会話が耳に入ってきた。どうも、妙な雲行きだ。失礼を承知で、円堂はその女性客を観察してみた。年の頃は二十代後半、ＯＬ風。Ｔシャツに半袖ブラウス、アイボリーのスリムなデニムパンツ。髪は肩までのショート、細いフレームの眼鏡。感染防止用マスクは薄青色で花柄のワンポイント。話し言葉に明確な訛《なま》りはなし。話の内容からは、連れの姿が見えない、ということらしいが……。

いかんいかん、トラブルの匂いに鼻を突っ込むのは、悪い癖だ。反省して一歩下がろうとしたが、次の会話で足を止めた。

「今朝は、いたんですか。出かけるのに鍵を預けに来たり、しなかったんですか」

「いえ、それが実は、朝食をお出しするのにお声をかけたんですが、皆川様《みながわ》はお部屋の方におられませんで。結局、朝食をお出しできないままなんです」

「じゃあ、朝からいなかったってことじゃないですか。もしかして、夜からいなかったんじゃないですか。部屋の布団、そちらで片付けたんですよね。寝た様子はありましたか」

「それは、係の者に聞いてみませんと……」

「あの、ちょっと失礼します」

円堂は戸口から中へ踏み出し、二人の間に割り込むようにして声をかけた。女性客とフロントスタッフが、驚いた顔を向ける。

「お邪魔してしまって申し訳ないんですが、お話がどうしても聞こえてしまって。昨晩から泊まっておられるこちらの方のご友人の姿が、見えなくなったということですか」

副支配人というプレートを付けたスタッフは、一瞬、嫌な顔をした。個人情報についてうるさいこの時代、無関係の他人に口出しされたくない、ということか。まあ当然だが、さすがに接客業だけあって、副支配人はすぐ愛想笑いを浮かべた。

「お客様、申し訳ありませんが……」

余計なお世話だから引っ込んでいろ、ということを丁重に言おうとしたようだ。円堂は怪しいものではない、という態度で背筋を伸ばし、ジャケットの襟を正した。今日の服装はネイビーのジャケットにグレーのチノパン、薄いベージュのシャツ。反社勢力には絶対見えないはずだ。年もまだ三十代だし、顔はそこそこ端整だと自負しているので、女性からも疎まれることはないだろう、と思いつつ、その女性客に微笑《ほほえ》みを向けた。

果たして、女性客の方はちょうどいい援軍と思ったようだ。副支配人を遮り、円堂に向かって言った。

「そうなんです。友達と二人でここへ泊まろうって。二泊するつもりだったんですけど、私は仕事の都合で一泊になっちゃって。友達は昨夜から来て泊まってたはずなのに、着いて部屋に行ってみたら、いなくなってたんです」

「荷物もなかった、と言っておられましたね」

「はい。昨夜はちゃんとバッグを持ってチェックインしたのに」

円堂は副支配人の方を向いた。

「朝食は食べなかったということですが、昨日の夕食は」

「それは普通に、お部屋で」

副支配人は、円堂の介入に困惑したようで、手短に答えた。

「少なくとも、夕食が終わるまでは部屋にいたんですね。何時頃？」

「七時頃でしょう」

副支配人は簡単に言ったが、部屋係に確認しないと、正確な時間はわかるまい。

「部屋の鍵はどうなっていますか」

言っていいものか迷うように副支配人が口籠《くちごも》ったので、代わりに女性客の方が答えた。

「友達が持っている鍵は、部屋に置かれたままでした。鍵は二つあるそうで、もう一つの方を私がチェックインのとき貰《もら》って、部屋へ行ってみると空っぽだったんです」

「お友達は鍵を持たずに出て行った、ということですか」

円堂は首を傾《かし》げてから、副支配人に言った。

「見たところこの宿は、フロントから見られずに出入りができるようですね」

「ええ……はい」

「では、気付かれないうちに姿を消すことは可能なわけだ」

副支配人が、顔を顰《しか》めた。宿代を踏み倒して逃げることもできる、と言われたように思ったのだろう。円堂は急いで、そういうつもりではないと宥《なだ》めた。もともとは湯治場であり、都心の高級ホテルとは違って、犯罪のリスクはかなり低いに違いない。

「とにかく、何も言わないで消えてしまうなんて、おかしいです」

女性客が口調を強めて言った。

「あの……こう言ってはなんですが、事件のようなことがあると思われるんですか」

副支配人も、さすがに心配になってきたようだ。自殺などの可能性を考えたのだろう。

「警察に相談しますか？」

円堂は女性客に聞いてみた。もし自殺などが懸念されるなら、早めに手を打つ必要がある。

「あ、いえ、それは大袈裟《おおげさ》かも」

女性客は、慌てた様子で言った。警察、と聞いて怖気《おじけ》づいたかのようだ。

「急用ができて帰ってしまったのかもしれませんし」

そこで副支配人が思い付いたように言った。

「お連れ様に、電話してみられましたか」

「はい。でも、繋《つな》がらなくて」

円堂は自分のスマホを出してみた。ここは山奥だが、Ｗｉ－Ｆｉも使えるようだ。繋がらないとすれば、向こうが電源を切っているのだろうか。

「それなら……」

副支配人が何か言いかけたが、先んじて女性客の方が言った。

「きっと何か事情があったんだと思います。取り敢えず、連絡を待ってみます」

「あ、そうですか。では、何かありましたらいつでも」

当面は大ごとにならないとわかって、副支配人は安堵《あんど》したようだ。女性客は円堂に、「済みません。ありがとうございました」と挨拶し、副支配人に「中をもう一度見てみます」と告げると、外へ出て行った。副支配人は当惑したように女性客を見送っていたが、すぐ円堂に向き直ると、「お待たせしました」と宿泊カードを差し出した。

「何だか気になる話ではあるねえ」

円堂はカードに必要事項を記入しながら、副支配人に言った。

「はあ。何でもなければいいんですが」

旅館側の責任になるような話ではない、と考えたのか、副支配人は幾分他人事《ひとごと》のような言い方をした。円堂はそう簡単に割り切れなかった。

「ここは一人旅の女性客は結構いるんですか」

ふと思いついて聞いてみた。副支配人が頷く。

「実は今、一人旅の女性の方を応援するキャンペーン中でして。大勢ご利用いただいています」

「ああ、そう言えばネットに出てましたね。お得なプランがいろいろと」

コロナ禍でどこの観光地も、団体客や海外《インバウンド》からのお客が激減して、その対策に追われている。これもその一環だろう。

「いやその、一人旅の女性客が多いなら、それに紛れたんじゃないかと思って」

「さっきの方のお連れ様が、ですか」

副支配人はかぶりを振った。

「紛れたりすることはないと思いますが。少なくとも、チェックインされた方とチェックアウトされた方が一致しない、ということはありません」

「なるほど」

少なくとも今朝までは、だな、と円堂は胸の内で付け足した。

鍵を受け取り、一旦外に出て、建物を左に回り込んだ入口から館内に入った。この宿は、さっき見た二棟の他、さらに奥に二棟の宿泊棟があって、渡り廊下と階段で繋がっていた。案内図によると、円堂の部屋は奥の二棟のうち手前の棟にあり、入ってみるとごく普通の和室だった。門を入って右側にあった棟が湯治客のためのもので、一番奥の棟がトイレ、囲炉裏付きの客室だった。円堂の部屋はトイレなしの一般的な部屋だ。囲炉裏付きが良かったな、などと思うが、贅沢《ぜいたく》は言えない。冬に来るときは絶対、囲炉裏のある部屋にしようなどと考えつつ、早速風呂に向かった。

ここの売りは、何と言っても広々とした露天風呂だ。白濁した湯は肌に滑らかで、鼻をつく硫黄の匂いと相俟《あいま》って、まさしく本物の秘湯、という雰囲気に浸れる。しかもこの露天風呂は、昔ながらの混浴だった。円堂は、湯の感触に満足しつつ、つい先ほどの女性客を湯気の中に捜してしまった。残念ながら、その姿はなかった。まあ、友人が行方不明という状況なら、のんびり湯に浸かる気分ではないかもしれない。

良質な湯のおかげですっかり寛《くつろ》いで部屋に戻る途中、廊下で先ほどの女性客と出会った。手洗いから部屋に戻るところだったようだ。女性客は円堂の顔を見ると、はっとしたように立ち止まって軽く「どうも先ほどは」と頭を下げた。

円堂は少し迷った。せっかく出会ったのだから、さっきの話を詳しく聞きたい。だが、ここは近代的なリゾートホテルとは違って、ゆっくり話のできるロビーカフェのようなものがない。女性一人の部屋に入るわけにもいかないし、と思って周りを見ると、廊下の隅に休憩できるスペースがあった。内湯に入った客が一服する場所のようだが、ここで辛抱だ。円堂は女性客に声をかけた。

「あの、失礼ですが、先ほどのお話、もう少しお聞かせ願えませんでしょうか」

女性客は驚きを顔に浮かべたが、円堂が休憩スペースを示すと、少し躊躇《ためら》ってから腰掛に座った。向かい合う形で、円堂も腰を下ろした。

「申し遅れました。私、円堂と申しまして、東京でリスクコンサルタントの仕事をしております」

本来なら名刺を出すところだが、生憎《あいにく》浴衣姿なので、名刺入れは持っていない。

「佐野和美《さのかずみ》と申します。札幌から来ました」

和美は名乗ってから、円堂に聞いた。

「リスクコンサルタントって、どういうお仕事ですか」

「はあ、よく聞かれるんですが……企業の依頼を受けて、リスクの診断や評価をしたり、解決の仕方をアドバイスしたり、といったような感じですね」

和美は、はあ、とわかったようなわからないような顔で応じた。実際、この仕事は一言で理解してもらえるケースの方がずっと少ない。

「差し支えなければ、佐野さんの方のお仕事は、どのような」

「はい……ただの事務職です」

和美は、「エイコー不動産開発」という社名を言った。東京に本社のある中堅デベロッパーだ。その札幌支店に勤めているという。

「お連れの方は、皆川さんというんですか」

和美はびっくりして目を丸くしたが、さっき副支配人が名前を漏らしたのを思い出したのか、すぐ落ち着きを取り戻して、そうですすと答えた。

「皆川理香《りか》と言いまして、会社の同僚です」

「そうですか。で、如何《いかが》です。館内を回られたと思いますが、皆川さんの手掛かりは何か見つかりましたか」

「いいえ。全然わかりません」

　和美は肩を落とした。いかにも心配げだ。

「皆川さんは、車で来られたのですか」

「送迎バスです。秋田新幹線で田沢湖まで来て、バスに乗り継いで」

　鷺の湯には、路線バスは来ていない。車でない場合は、田沢湖駅から乳頭《にゅうとう》温泉郷へ向かう路線バスに乗り、途中にある温泉施設の駐車場で送迎バスに乗換える。送迎バスは路線バスの走る県道194号線から分かれて鷺の湯に至る道路に入り、途中、鷺の湯別館「谷の湯」に寄ってから鷺の湯の門前まで走る。定員があるので、事前予約が必要だ。

「佐野さんも、同じ方法で？」

「そうです。昨日、理香が来たのと同じ時間で」

「じゃあ皆川さんは、送迎バスが着いたときにチェックインしたのは間違いないんですね」

「ええ、フロントで聞いたら、そうでした」

　ふむ、と円堂は考えた。車がなければ、この鷺の湯から自由な時間に出て行くことはできない。歩ける範囲には何もないから、送迎バスに乗らずにはどこへも行けないはずだ。誰かの車に乗せてもらったのなら、別だが。

「夜までここにいた、というのは間違いないでしょうか」

「ええ。さっき部屋に来た係の人に聞いたら、夕食を片付けるまでは間違いなくいたそうです。布団を敷きに来たときはいなかったので、お風呂だろうと思ったそうですが、朝来てみたら、布団で寝た様子がないように思えた、ということでした」

夜以降、理香の姿は見られていない。鷺の湯の館内は広く、構造も複雑なので、どこかに隠れようと思えばできなくはなさそうだ。だが、何のためにかくれんぼなどするのか。夜のうちに誰かの車でここを出た、という可能性が最も高い。

「駐車場の防犯カメラは見れるかな……」

つい、独り言を呟《つぶや》いた。円堂がカメラの映像を見せてくれ、と言っても応じてはくれまい。だが、副支配人に言って映像を確認してもらうことくらいは、できるだろう。

「しかし、何か事情があって先に帰ったのなら、佐野さんに連絡ぐらいするはずですよね」

「あ……はい、そう思いますが」

「こちらからも連絡はできない、と」

円堂はちょっと顔を顰めた。もし、理香が連絡をしたくてもできない状況に陥っているとしたら、かなり厄介だ。和美を怖がらせたくなかったので、それを口にするのは控えた。

「こう言ってはなんですが、皆川さんには急に姿を消すような事情が、何かあったと思われますか」

「姿を消す事情、ですか」

和美は顔を曇らせ、鸚鵡《おうむ》返しに言った。円堂の言った意味がよくわからない、という風だ。或《ある》いは、話したくないことがあるのか。

「ええ。状況からすると、意図的にご自身で姿を隠した、ということも考えられますので」

和美は目を瞬《しばたた》いたが、はっきり否定はしなかった。

「さあ……それは何とも言えません」

曖昧な答えを聞いて、円堂はしばし和美を見つめた。和美は、落ち着かなげに目を逸《そ》らした。やはり何かありそうだな、と思えたが、ここで食い下がっても、はっきりした答えは得られないだろう。

「わかりました。呼び止めて済みませんでした」

円堂は話を切り上げ、立ち上がった。

「私も、もう少し宿の人たちに聞けることは聞いておきます。佐野さんも、あまり心配し過ぎないように。せっかくこんないい温泉に来てるんですから」

「はい。ご心配いただきまして、ありがとうございます」

和美は丁寧に言って、部屋へと戻って行った。心なしか、廊下を進む足が速くなっているような気がした。

腕時計を見ると、食事まではまだ少し時間があったので、円堂はもう一度フロントに行ってみた。チェックイン客は誰もおらず、フロントも無人だった。円堂が「済みませーん」と呼ばわると、さっきの副支配人が暖簾《のれん》を割って出てきた。

「はい、何でしょうか」

「忙しいところ申し訳ない。さっきの話なんですが」

「さっきの、というと、姿が見えないお客様の件ですか」

副支配人は、困ったような顔をした。事を大きくしたくないのだろう。円堂は安心させるように笑みを浮かべた。

「見えなくなった皆川さんですが、送迎バスで来られたんですよね。帰る方向のバスに乗っていなかったのは、確かでしょうか」

昨夜か今朝か、鷺の湯を出るバスに乗っていなかったかの確認だ。単純なことのはずだが、副支配人はまた困ったような顔をした。円堂は、おや、と首を傾げた。

「何かあるんですか」

「はあ……」

副支配人は、言ったものかどうしようか、と迷う様子を見せた。が、そのまま待っていると、仕方ないなというように小さく溜息をついてから、口を開いた。

「実は、ここへ来るバスにも乗っておられなかったかもしれないんです」

「え、どういうことですか」

意外な話に、円堂は思わず身を乗り出した。

「皆川様からは、予約のときにバスに乗る旨を承っていなかったんです」

「送迎バスに乗る予約をしていなかったんですか。佐野さんの話では、バスで来たはずだということでしたが」

「はい。佐野様からは送迎バスに乗ると承りまして、ご指定通り、アルパこまくさに十六時過ぎにお迎えに行って、確かに乗車されました。お話では、皆川様も昨日の同じ時間にバスで来たはずだ、ということなんですが」

副支配人は、路線バスの時刻表を示して言った。アルパこまくさとは、路線バスの通る温泉施設で、大きな駐車場があるため、鷺の湯の送迎バスはそこで路線バスからの客を拾う。路線バスは県道を直進し、鷺の湯の方は通らずに乳頭温泉郷の奥へと走る。副支配人によると、昨日は十四時五十四分、十六時九分、十七時九分、十七時五十四分の四本の路線バスに迎えを出したとのことだった。

「では皆川さんは、いつチェックインされたんですか」

「十六時九分着の路線バスからのお客様を受けた送迎バスがここに着いたのと、ほぼ同じ時刻です」

「それなら、予約しないまま送迎バスに乗ってきた可能性もあるわけですね」

「それは、どうでしょうか」

副支配人は首を捻《ひね》った。

「アルパこまくさを出るとき、拾い忘れがないよう、予約人数と乗車人数が合っているのを確かめて発車しますので。昨日のこのバスも、人数に間違いはありませんでした」

「名前もチェックしていたんですか」

「はい、やっております」

「運転手さんは、お客さんの顔とか服装とか、そこまで覚えているでしょうか」

「いや、さすがに全員のそれは……」

副支配人は、また困った顔になった。円堂は、「ふうん」と唸《うな》って考え込んだ。顔や服装まで確認できていないなら、理香が別の宿泊客の名前でバスに乗った可能性は否定できない。だがそうすると、バスを予約した客が理香に協力した、ということになり、どうも無理がある。

「何度も聞いて悪いんですが、送迎バスでここに着いたお客さんは、全員が前日までに乗車予約をしていた人なんですね」

「あー、はい。正確には、アルパこまくさから十四人乗車されまして、その方々は皆さんご予約されてます。そのうち別館の谷の湯で降りた方が四人です。代わりに別館から乗られた方が三人ですが、この方たちはもちろん乗車予約をされてません。別館にお泊まりの方はほぼ皆様本館のお湯に来られますが、別館にチェックインしてからその旨別館フロントに申し出られますので。ここで降りたのは、差引十三人になります」

別館から乗ったのは皆、この本館の有名な露天風呂に入浴しに来た客というわけだ。

「もう一度確認ですが、皆川さんの他に、チェックインしたけれどチェックアウトしていないお客さんは、いないんですか」

「連泊されている方はおられますが、本館、別館とも、皆様ご予約された通りにチェックイン、チェックアウトなさっています。食い違いはございません」

「そうですか、わかりました」

こうなると、やはり車で出入りした、と考えなくてはなるまい。円堂は改めて副支配人に言った。

「駐車場に防犯カメラはありますか」

「はい、ございますが……」

副支配人は、円堂が何を言おうとしているか理解し、さっきよりさらに困った表情を浮かべた。

「防犯カメラの映像を見たいとおっしゃるのでしたら、それはちょっと」

「ああ、いえ、私が見るというのではなく、そちらで確認してもらえれば、と」

副支配人はちょっと躊躇っていたが、円堂がじっと見つめると、首を縦に振った。

「わかりました。調べておきますので、お食事の後にお越し下さい」

「ありがとう、助かります」

円堂はにこやかに言って、フロントを離れた。


部屋出しの夕食は、山菜をふんだんに使い、岩魚《いわな》や名物の味噌鍋《みそなべ》など、味も量も頗る《すこぶ》満足のいくものだった。円堂は秋田の銘酒を傾け、存分に楽しんだ。冬に囲炉裏にかけられた鍋を前に熱燗《あつかん》を啜る《すす》ところを想像し、これは冬にも是非、と再び強く思った。

食事を堪能《たんのう》してすっかりいい気分になった円堂は、約束通りフロントへ行った。副支配人はきちんと仕事を済ませて、待っていた。

「駐車場の映像を確認しましたが」

副支配人の顔を見た円堂は、ほろ酔いから醒《さ》めた。どうやらあっさり解決とは、いかないようだ。

「それらしい車は、映っていません」

「と、言われますと」

円堂が詳しい説明を促すと、副支配人は館内図の駐車場の位置を人差し指で叩いた。

「ここにカメラがあって、出入りする車は全部わかるんですが、従業員の車を除くと、入った車は全部、ご予約のお客様のものでした。最後に入った車は仙台からのお客様で、午後六時十五分くらいです」

円堂は、わかりましたと頷いた。が、重要なのは出て行った車だ。

「皆川様は、ちょうど六時半頃にお部屋で食事を終えられています。ですが、それ以降に駐車場から出た車は、別館のお客様をお送りした送迎バスだけです」

「送迎バス……だけですか。それは、別館から本館の風呂に入りに来たお客さんが、帰りに乗ったわけですね」

「はい。三人乗られて、いずれも別館にお泊まりのお客様でした。一応確かめましたが、お三方とも今朝チェックアウトされています」

「それ以外に駐車場から出た車はないと？　従業員の方の車もですか」

「はい、そうです」

「納品業者の車は」

「こんな遅い時間に来ることはありません」

「では……ここに来て、駐車場に入らず立ち去った車は」

誰かが車で理香を迎えに来た、ということも考えられる。が、副支配人は否定した。

「ここへの道路がカメラの端にちょっと映るんですが、田沢湖方面に向かった車は、一台もありません」

「そうですか。わかりました。どうもお手間をかけました」

円堂は副支配人に礼を言うと、がっかりして部屋に戻った。副支配人は、期待以上にきちんと調べてくれたようだ。それでも、理香がどうやって消えたかを知る助けにはならなかった。

「まいったな。もうちょっと、頭を回転させなきゃいけないみたいだ」

円堂は独りで呟くと、改めてここの良質なお湯でリフレッシュするべく、掛けてあったタオルを摑《つか》んだ。

三

翌朝は、綺麗《きれい》な青空であった。木々の緑が、山の上から射《さ》す強い日差しを浴びて、きらきら光っている。夏の終わりの東北とはいえ、この分だとだいぶ暑くなりそうだな、と円堂は窓から空を見上げて思った。

朝風呂と朝食を楽しんだ後、すぐ出かけられるよう着替えた円堂は、宿泊棟の入口に下りてそこにあった椅子に座った。時計は、午前八時を示している。電話するには早いが、相手は判で押したように、毎朝七時の起床時刻を守っている。もう頭は、仕事の準備に入っているはずだった。

円堂はスマホを出すと、連絡先リストのお馴染《なじ》みの名前に指で触れた。耳に当てると、ぴったり三回のコールで相手が出た。

「はい、おはようございます」

機械的とも言える声で、相手が応答した。別に不機嫌なわけではない。いつもこんな感じだ。

「やあ杏理《あんり》君。朝から済まんねえ」

円堂は、軽い調子で朝の挨拶を送った。

「仕事なら、済まなくはないです。そちらは、ゆっくり朝風呂と朝食を終えたところでしょうか」

「ああ、その通り。実にいいお湯だよ」

「乳頭温泉郷の中でも、鷺の湯はナトリウムを多く含む炭酸水温泉で、四つの源泉それぞれが微妙に異なります。日本の温泉の中でも指折りですから、もちろんいいお湯です」

スマホの向こうで、鹿納《かのう》杏理が抑揚の少ない声で言った。本人はこれでも愛想を言っているつもりなのだが、知らない人が聞いたら、温泉の説明書きを読み上げているのかと思ったろう。

「ところで、ちょっと一仕事頼む」

「はい」

「エイコー不動産開発に関するデータで、必要なのは……」

円堂が注文を述べると、間髪容《い》れずに「わかりました」という返事が聞こえた。

「これからオフィスに行って、すぐに揃《そろ》えます。十時には送ります」

それだけ言うと、すぐに通話が切れた。まるでAIに指示したような簡潔さだが、杏理の仕事に間違いはない。本人が十時と言ったら、誤差三十秒以内で送ってくるだろう。杏理の仕事に間違いはない。

円堂はちょっと苦笑しながら、スマホをジャケットの内ポケットに納めた。鹿納杏理は円堂のアシスタントで、今年二十四歳になる。有名国立大の卒業生で、仕事の能力は極めて高く、データの収集や解析、IT機器の取り扱いなどに関しては、円堂は彼女に完全に頼り切っている。ただ、さっきの通話でもわかる通り、コミュニケーションの仕方が独特だった。本人にはそんなつもりはないようだが、どうも機械が喋《しゃべ》るような四角四面の会話になってしまうのだ。周囲からは、最近のAIでももっと愛想がいい、などと言われているが、本人は気にする気配もない。従って、彼氏もいない。普段かけている眼鏡をちょっとおしゃれなものに代え、きっちりメイクをして六本木を歩けば、十メートルごとにナンパされるような容姿であるにも拘《かか》わらず、である。

杏理のことをよくわかっている円堂ともそういう関係にならないのは、親戚という理由からでもあった。持って生まれた性格のため、一般企業の採用面接では振られっぱなし。心配した両親が、自営業である円堂に雇ってくれと頼み込んだのである。最初は義理で仕方なく受け入れた円堂だったが、ほんの数か月で、なくてはならないパートナーになっていた。

電話を切って十分ほど経《た》ったところで、階段の方から足音がした。顔を上げると、期待通り佐野和美が、小型のキャリーバッグを持って下りてくるところだった。

「おはようございます」

和美は、微かにびくっとしたような表情を見せた。円堂がそこにいるとは思わなかったのだろう。

「あ、はい、おはようございます。昨日はいろいろお世話になりまして」

「いえいえ。その後、皆川さんから連絡は」

「まだ、ありません」

答えが早いような気がしたが、気を回し過ぎか。円堂はキャリーバッグを手で示して言った。

「チェックアウトですか」

「はい。この宿では、これ以上のことはわかりませんので」

「どこか捜す当てはおありですか」

「それは……通ったと思える場所を」

和美も、これという考えがあるわけではないようだ。それなら、と円堂は誘いをかけた。

「よろしかったら田沢湖駅に行って聞いてみませんか」

「田沢湖駅、ですか」

「ええ。皆川さんがどうやってここを出たかはわかりませんが、車を持っていないのなら、どちら方面へ行くにしても、電車を使う可能性が最も高いでしょう。聞いてみる価値はあると思いますが」

「ああ……それはそうですね」

和美は、円堂の言う通りだと認めた。よし、と円堂は頷いて続ける。

「今から出られるのなら、田沢湖駅までお送りしますよ」

「あ……はい」

和美はバッグに目を落として、迷う素振りを見せた。昨日会ったばかりの男と一緒に動くのはどんなものか、と考えたのか。円堂が若いイケメンだったら、反応はもう少し違ったかもしれない。

「でしたら済みません、お願いします」

和美は、数秒躊躇ってから言った。円堂は明るい笑みを返した。

「じゃあ、チェックアウトしましょう」

円堂はさりげなく和美のキャリーバッグを持つと、一旦外に出てフロントへ回った。昨日と同じようにフロントにいた副支配人は、二人の顔を見て「あ、昨日はどうも」と気遣わし気な目付きになった。

「ご出発ですか。あれから、お連れ様の方は」

和美がかぶりを振る。

「わかりません。戻ってから、改めて連絡をとってみます」

「それはご心配ですね。もし……」

副支配人は、警察に捜索願いを出すなら、と言いかけたようだ。その顔は、昨日より心配の色が濃くなっている。宿の裏から一人で山へ入って自殺、という可能性が、彼の胸の中で膨らんだのだろうか。

「私も手伝って、足取りを探ってみます。もうこの地域から出ているかもしれませんし」

「そうですか。きっと大丈夫ですよ。私どもにまたお尋ねがあれば、何なりと」

副支配人は元気づけるように言って、精算手続きを済ませた。二人は副支配人に礼を言い、宿泊棟の間を通って一緒に駐車場へと歩いた。

「この車です。小さいですが」

円堂はレンタカーのロックを解除すると、後部座席に自分のバッグと和美のキャリーバッグを載せた。和美は、じゃあ済みませんと言って助手席に乗り込んだ。

鶴の湯を出ると、道は鬱蒼たる木々に囲まれた谷沿いを、うねうねと走る。きちんと舗装されているが、大型車がすれ違えるような道幅はない。と言っても、事実上鶴の湯の専用道なので、対向車が来ることはなかった。

「今日は本当なら、どこを回られる予定だったのですか」

せっかくの温泉旅行が台無しになったのを同情するように、円堂が聞いた。

「田沢湖を見てから盛岡に出て、美味《おい》しいもの食べようかと」

俯《うつむ》き加減で和美が言った。盛岡なら、わんこそば、盛岡冷麺、じゃじゃ麺など、気軽に食べられる名物料理が幾つもある。円堂も食べて帰りたいと思っているのだが、和美は一人で心配しながら食べても、ちゃんと味わうことができないだろう。さすがに円堂も、ご一緒に如何ですかと誘うのはデリカシーを欠く気がして、憚《はばか》られた。

別館の前を通って県道へ出ると、幾らか交通量は増えた。田沢湖駅までは十八キロほどで、山道とはいえ普通に走って三十分もかからない。その間、円堂は和美の会社のことなどを聞いてみたが、和美の口数は少なかった。まあ、状況から言って仕方がない。残念ながら、ドライブデートではないのだ。

田沢湖駅は、新幹線が停《と》まるだけあって、総ガラス張りの非常に近代的な建物だった。駅前広場も、円形のベンチやモニュメントが置かれ、綺麗に整備されている。言っては悪いが、本来の町の佇《たたず》まいからはちょっと浮いている感じだ。

駐車スペースに車を置き、駅舎に入った。改札の発車案内を見ると、次は九時二十二分発秋田行きこまち1号、盛岡方面は十時十四分発の東京行きこまち16号となっている。秋田行きが来るまであと数分だが、乗る客は少ないらしく、コンコースに人影はほとんどなかった。

「皆川さんの写真とか、ありますか」

急に聞かれて、和美は一瞬戸惑ったようだが、すぐにスマホを出して写真を探し始めた。

「こんなのでよろしいでしょうか」

和美が示したのは、和美ともう一人の女性が、並んで座っている写真だった。手前のテーブルに置かれたパフェの上半分が写っているので、どこかのカフェだろう。

「こっちが理香です」

和美が、自身の隣に座る女性を指した。座った背丈は和美と同じくらい。やや細身。髪はセミロング。目を引く派手さはなく、おとなしめの印象を受ける。円堂は、これで充分ですと言って、駅の窓口の方を和美に示した。

「秋田行きが出たら、ちょっと駅員の手が空くでしょう。そうしたら、皆川さんのことを聞いてみます」

和美は、わかりましたと応じ、その場でじっと待った。ほんの五分ほどだったが、和美がずっと無言だったため、円堂にはいささか空気が重く感じられた。

発車したこまち1号の白い車体が視野を横切って流れて行くと、円堂は和美を促して窓口に向かった。近付く二人に、何でしょうかと顔を向けた駅員に、和美から受け取ったスマホの画面を示す。

「済みません。実は、昨日か一昨日《おとと い》、こういう女性がここを通ったか知りたいんですが」

駅員は、スマホの画面を覗き込んだ。数秒眺めて顔を上げ、納得したように和美を見る。

「お一方は、この方ですね」

「ええ、そうです。もう一人は友人なんですが、ちゃんと電車に乗ったか確かめたいんです」

行方不明、という話は出さずに円堂が言った。

「何時の電車に乗るご予定だったんですか」

「いや、それがはっきりしなくて。一昨日の夜から昨日の昼くらいまでなんですが」

円堂は、対象時間をやや広めに言った。駅員は首を傾げる。

「盛岡・東京方面ですか」

「そのはずですが」

上り列車に乗ったという根拠は何もないが、電車を使ったとすれば、交通の便が悪くなる秋田方面に向かった可能性は低い、と踏んでいた。駅員は「うーん」と唸って、事務室の方を向くと、帰り支度をしていたらしい同僚を呼んだ。

「すいません、助役さん。この方が」

駅員は手短に、円堂たちの問い合わせについて説明した。助役は眉をひそめ、円堂の前に出て「ちょっと失礼します」とスマホの画面を見つめた。

「この頃は皆さんマスクをしておられますんで、顔の方はなかなか……」

駅員が済まなさそうに言った。それはもっともだ。顔を隠したい、という動機がある人なら、コロナ禍の今は却《かえ》って動きやすいだろう。やはり無理か、と諦めかけたとき、助役が言った。

「はっきりこの方とは言えませんが、似たお客さんが、昨日の朝、ちょうど今頃ですかね、来られたように思います。こまち16号に乗られたはずです」

「え、そうなんですか」

「はい。若い女性のご旅行はやはりグループが多くて、一人だけのお客さんは、それほど多くありませんから。最近、乳頭温泉で女性一人旅のキャンペーンを始めたとかで、少し増えてはいますが」

これは重要だった。理香が一昨日の夜ではなく昨日の朝、こまちに乗ったなら、一昨日は鷺の湯以外のどこかで夜を明かしたことになる。

「こちらと同じような感じのキャリーバッグを持って、赤い帽子を被《かぶ》っておられたようなし」

助役が和美の薄桃色のキャリーバッグに目を落として、付け加えた。円堂は和美の方を向いて、どうですかと問うた。

「理香は赤いキャップを持っていますが……」

和美は自信なさそうだが、おそらく間違いあるまい。

「この人、一昨日の十五時九分のこまち23号で着いたはずなんですけど、見ておられませんか」

和美が聞いた。そう言えば和美も、昨日の同じ電車で来た、と言っていた。

「いや、それはちょっと覚えがありません」

助役がかぶりを振って答えた。仕方あるまい。乗降客は多くないと言っても観光地の駅だ。毎日同じ顔触れが乗り降りするローカル駅とは違い、皆の顔を覚えられるわけではないだろう。

「この人、どこまでの切符を買ったかわかりませんか」

「さあ、そこまでは。ここの窓口や券売機ではなかったと思います。事前に他の窓口かネットで買われたのではないでしょうか」

東京方面に行った可能性も、札幌に戻った可能性もあるわけか。突き止めるのは難しそうだ。和美も、ここまでと思ったか眉を下げた。

円堂と和美は助役と駅員に礼を言って、窓口を離れた。

「さて、皆川さんが昨日の朝、電車に乗ったらしいことはわかりました。鷺の湯から駅までの足をどうしたか、という疑問は残りますが、ひとまずそれは置いておきましょう」

コンコースの隅に行って、円堂が言った。数分前に乳頭温泉からのバスが到着したらしく、鷺の湯で見た覚えのある人を含め、数人がコンコースに入って来ていた。それらの人に話が聞こえないよう、注意する。

「ええ、そうですね」

和美は、やや気のない反応を示した。追跡がここで途切れるのを残念がっているのだろう。

「少なくとも、無事にこの地を発《た》ったようです。その点は、良しとしましょうか」

元気づけるように言うと、和美はぎこちない微笑みを返した。

「佐野さんは、これからどうされます」

「このもう一本後の、十一時八分のこまち18号の切符を持っています。盛岡と新函館北斗で乗換えて、夜の七時には札幌に着きます」

「そうですか。私は車を盛岡のレンタカー屋に返して、東京へ戻りますが」

「ああ、ではもう行って下さい。大変お世話になりました。ありがとうございました」

和美は、もうこれで結構ですというように、深々と頭を下げた。

「いやいや、お一人で待つのも何でしょう。こまち18号に乗られるまで、おりますよ」

「えっ、それは御迷惑では」

「何時までに東京に着かないといけない、という用事はありませんから、お気になさらず」

当惑顔になった和美に笑いかけてベンチに座らせ、缶コーヒーでも買って来ましょうと言ってその場を離れた。ちらっと腕時計を確かめる。間もなく十時だ。

自販機の前に立ったとき、着信音がした。さっとスマホを出す。十時ちょうどだった。

円堂はニヤリとして、杏理からのメールを開いた。「ご指示のデータです」とのメッセージに、PDFファイルが添付されている。円堂はすぐにファイルを開いた。

ざっとスクロールし、要点だけ頭に入れるのに二分弱かかった。円堂はファイルを開いたままスマホを一旦ポケットに戻し、缶コーヒーを二本買って和美のところに引き返した。

「お待たせしちゃって済みません。これ、飲んでて下さい。車から取ってくるものがあるので」

和美に缶コーヒーを渡すと、すぐさま駅の外に出て車に戻り、自分のバッグからタブレットを取り出して電源を入れた。杏理から送られたファイルがこちらにも届いているのを確認し、歩きながら開く。相変わらず手早い杏理の仕事ぶりに満足しながら、和美の前に戻った。

「あの、お仕事なんですか。お忙しいようでしたら、ほんとにもう……」

タブレットを手にした円堂を見て、和美が言った。すかさず円堂が手を振る。

「いえ、これはあなたに関わりのあることですから」

はあ？　という顔になった和美の前で、円堂は杏理がファイルと一緒に送ってきたURLをタップした。現れたのは、ネットのニュース記事だ。円堂はそれを読みながら和美に言った。

「佐野さん、失礼だとは思いますが、お勤めのエイコー不動産開発札幌支店について、ちょっと調べさせていただきました」

和美がますます戸惑った顔になった。円堂は軽く微笑んでから、先を続けた。

「主要取引先リストに、浅木工務店という会社がありますね」

　和美の眉が上がった。

「あの、それが何か」

　明らかに、動揺が見られる。円堂は、やはりそうかと胸の内で得心した。

「この一、二週間で御社と取引先に何か変事がなかったか、と検索させたんです。そしたら、これが」

　円堂はタブレットの画面を和美の方に向け、表示されたニュース記事を示した。

「スマホだと画面が小さくてわかり難いと思いまして、タブレットを持って来ました。読んでみて下さい」

　記事のタイトルを見て、和美の目が見開かれた。円堂はその反応に満足した。画面が見やすいということは、反応もすぐ出やすい、ということだ。

「これは……」

「はい。浅木工務店の三島という専務が、積丹半島の島武意海岸というところで転落死した、という北海道新聞の記事です。これによると、警察は自殺とみて捜査中、となっていますね」

「これが私たちと何の関係があるんです。勤務先の取引先、というだけですよ」

「おっしゃる通りです。ですが、取引先の役員が不審死してから何日もしないうちに、皆川さんが旅先で消えた。御社の札幌支店は数十人の規模ですよね。失礼ながら、偶然に変事が重なるような広い世界ではないと思いますが」

和美は、肯定する代わりに唇を嚙《か》みしめて、円堂を睨《にら》んだ。

「どうしてそんなことを言われるんです。あなたには関係が……」

「ない、と言われればそれまでです。ですが、乗りかかった船と言いますか、どうしても気になりましてねぇ。こういう事実があると、さらに心配になります」

円堂は和美の抗議を無視して、さらに聞いた。

「皆川さんの行方不明は、この三島という人の事件と関わりがあるんですか」

和美は、何を言うんだとばかりに目を怒らせている。だが、「違います」という言葉は吐かなかった。

「どうしてそこまで深く、首を突っ込もうとなさるんです」

和美が嚙みついた。円堂は、怒らないで下さいと手で制した。

「お節介と言われればそれまでです。でも、どうしても気になるんですよ。何度も言うようですが、トラブルが目の前にあると、放っておけない性分でして。まして若い女性が巻き込まれているとなると」

言ってから、後の部分は余計だったと後悔した。案の定、和美が眉を逆立てる。慌てて言い直した。

「いやその、リスクコンサルタントという職業柄、ですね。リスクには敏感に……」

「あなたは本当にコンサルタントなんですか。ちゃんとした仕事をされてるんですか」

手厳しいな、と円堂は頭を掻《か》いた。確かにこういうカタカナの、自称コンサルタントやアーチスト、クリエイターなどという曖昧な職名には、胡散臭《うさんくさ》さがつきまとう。詐欺師と疑われたことも、一度や二度ではない。

「いや、ちゃんとしたコンサル業です。企業と顧問契約もしていますし、実績もあります。そう言えば、名刺をまだお渡ししてませんでしたね」

円堂は、リスクコンサルタントという職名がはっきり記され、オフィスの住所も記載されている名刺を渡した。和美は、疑り深い目付きのまま名刺を見た。

「スマホで検索してみて下さい。ホームページもあります。ご自身で電話番号を確認して、オフィスに直接電話してみられてもいい。決して怪しい者じゃありません」

「わかりました」

和美は自分のスマホを出し、言われた通りに検索を始めた。ホームページに載せている顧問契約先は、誰が聞いても知っているような有名企業に絞ってある。それで少しは信用してくれるか、と思ったが、和美は円堂に背を向けて駅の外に出ると、電話をかけ始めた。本当に円堂のオフィスに電話するようだ。

まあその方がいい、と円堂は思った。アシスタントは杏理一人なので、彼女が応対することになるが、杏理はセールストークのような芸当がまるでできない。詐欺師などは、相手を自分のペースに巻き込むため、様々な話術の手管を弄《ろう》してくるが、四角四面で裏表の全くない杏理の話し方は、その対極にあるので、聞きようによっては、真っ正直で誠実にも受け取れる。過去に、それが功を奏したことが何度かあった。

電話は、五分ほどで終わった。ガラスの向こう側なので、何を喋っていたかはわからない。が、スマホをポケットにしまってコンコースに戻って来た和美の表情からすると、うまくいったようだ。

「わかりました。信用することにします」

和美が円堂の顔を正面から見て言ったので、円堂はほっとした。

「うちのアシスタントは、何と言ってましたか」

「百パーセント成功すると保証するのは不可能だが、九割がた手抜きはしない、と」

九割がたって何だ、九割がたって。せめて「お客様の期待に背かぬよう、常に手を抜かず努力しております」ぐらい言ってもらいたいところだ。

「必要に応じ、意図的に情報を隠すことはあるが、悪意を持って人を騙《だま》すことはしない、とも」

それを言うなら、「決して嘘《うそ》をついたり騙したりすることはありません」だろう。

「とても正直なアシスタントさんですね」

和美は、あははと笑った。会って以来、最も晴れやかな笑顔だ。幾らなんでも正直すぎる杏理の応答だったが、どうやらうまく運んだらしい。

「ええ、まあ。それでは、信用いただけたようですので、もう少し踏み込ませていただきます。よろしいですか」

和美は、「わかりました」と頷いた。円堂はまた時間を確かめた。こまち18号の到着まで、四十分ほどある。16号が出たばかりで、コンコースに人は残っていない。円堂は安心して、聴き取りを始めた。

「では伺いますが、皆川さんは浅木工務店との取引に関わっていたのですか」

「いいえ。私たちは経理とかの庶務ですから、浅木工務店さんとの契約にはタッチしていません。請求などの関係で、問い合わせをする程度です」

「なるほど。では、請求書のやり取りなどで何か問題が起きたことは」

「それはありません。ありませんが……」

和美は口籠って目を逸らした。が、円堂が数秒待つと、意を決したように話し始めた。

「理香は、仕事の途中で不正請求の証拠を見つけちゃったらしいんです」

「ほう。見つけた、ということは、会社のパソコンにデータがあったんですか」

和美が頷く。

「詳しいことは言ってくれなかったんですけど、実際に処理された見積書や請求金額と食い違う数字が入っている見積書が、隠されてたそうなんです。そのファイルを偶然、開いたみたいで」

「隠されていたのを、偶然に、ですか」

「はい。支店の共用フォルダがあるんですが、そこにあった、とだけ聞いています」

共用フォルダなら、支店内の誰もがアクセスできるのだろう。見られたくないファイルを隠しファイルとして、表示されないようにするのは難しくない。それが何らかの偶然で、表示されてしまったということだろうか。

「もしかして、その見積書は浅木工務店から出たものだった、と」

「はい。浅木の書式だったと言ってました」

「浅木の誰と御社の誰がやりとりしたものかは、わからないんですか」

「それはわかりません。と言うか、聞いてません。理香は、心当たりがないわけではない感じでしたけど」

「皆川さんは、それを上司に報告しましたか」

「私もそれを言ったんですけど……」

和美は困ったような、心配するような顔になった。

「報告しなかったんですね」

「はい。実は、一か月ほど前に本社の監査があったんです。不正請求とかがあったなら、そのとき気付かれて問題になったと思うんですが」

「問題にならなかった？」

「はい。監査の人たちが見落としたのかもしれませんけど、理香は、自分が偶然見つけるようなら監査でも見つけられたんじゃないか、と言って。もしかすると、隠してるのかも、と」

「会社ぐるみで隠蔽した可能性があると思われたんですね」

和美は、身を竦めるようにして「はい」と答えた。

「なので、誰に言ったらいいかわからないって」

「それで、黙っていることにしたんですか」

「そうなんです。でも、三島さんの事件があって、理香も怖くなったんです。乳頭温泉へ旅行するのは前から決めてたんですけど、その機会に一時身を隠す、とか言い出して」

「身を隠して、どうするつもりだったんです。警察に相談するつもりだったんですか」

これは和美が否定した。

「いいえ。警察に言っても、相手にされないんじゃないかと。はっきり危険が目に見えてるわけじゃないですから、説明が難しくて」

「見つけたデータはどうなんです。持ち出していれば、証拠になりませんか」

「ええ。理香はデータをUSBに入れて持ち出しました。でも、それだけだと、試算だとか訂正前の資料だとか言われたら、外部の人には証明できませんから」

「ふむ。それもそうですね」

確かに、会社内部の人間が不正であると証明しない限り、数字の食い違ったデータだけをもって摘発に動くことはできまい。

「で、皆川さんはどこに行ったんです。聞いていないんですか」

「はい。どうやって消えたか、どこに行ったか、それは聞いていません。ただ、旅行を利用して消えるから心配しないでくれ、と。あなたは何も知らず、友達の行方がわからなくなったことを心配しているように装って、とだけ」

和美は済まなさそうに言い、円堂は「そうですか」と腕組みした。事情を知っている人間は少ないほどいい。肝心なところは、協力してくれた友人にも明かさない。鷺の湯で和美が友人の行方を捜そうとしているところを見せておけば、協力者だと疑われる可能性を減らせる。

「理に適《かな》った行動のようですね」

皆川理香という女性は、かなり頭がいいと見える。ならば、いつまでも隠れているわけにはいかない以上、何らかの当てがあるはずだが。

「落ち着いたら、連絡をくれるとは思うんですけど」

和美が、付け加えた。それを期待しているようだ。確かに、友人を心配させっぱなし、ということはしないだろう。しかしだからと言って、それをただ待っているわけにもいくまい。

「わかりました。私も一度、札幌へ行きましょう」

「えっ。来られるんですか」

円堂の言葉に、和美は驚きを見せた。

「これだけ事情を伺ったからには、放ってはおけません。私が調べてみましょう」

「うちの不正について、ですか」

円堂がそこまで言うとは思っていなかったらしく、和美はだいぶ慌てている。

「でも、円堂さんもお仕事がおありでしょう」

「なに大丈夫、幾らでも都合はつけられます。それに、こいつを知りながら放置しておいたとなると、リスクコンサルの信用に傷が付きます」

「ああ……はい」

「繰り返すようですが、乗りかかった船ですから。どうか佐野さんは気にしないで」

「わ……わかりました。よろしくお願いします」

和美はまだ顔に戸惑いを残したまま、頭を下げた。

「東京で手元の用事を片付けてから、一両日中に出向きます。佐野さん、札幌支店で話を聞けそうな人が、他にいますか」

「信用できそうな人、ということですか。そうですね……」

和美は、二、三の名前を挙げた。円堂は頷いて、手帳にその名をメモした。

「よし、と。それでは佐野さん、札幌でまたお会いしましょう」

円堂が手帳を閉じて言ったとき、スピーカーからこまち18号の到着案内が流れた。和美は立ち上がり、円堂にもう一度礼をすると、改札口の方へ歩き出した。

四

乳頭温泉から帰った翌日、「手元の用事」を片付けると、円堂はすぐに札幌に飛んだ。

エイコー不動産開発の札幌支店は、北3条通に面したオフィスビルにテナントとして入っている。札幌駅から割合に近く、JRの快速エアポートで札幌駅に到着した円堂は、歩いてそのビルに向かった。

地下鉄東豊線《とうほうせん》に通じる地下道の途中から地上に出て左右を見回すと、すぐにそれらしいビルが見つかった。築十年程度と思える九階建てで、一階の表示板を見てエイコーの支店が六階にあることを確認する。いきなり支店を訪ねるわけにもいかないので、円堂はひとまずビルを出て、喫茶店を捜した。すぐ前にチェーン店が一軒あったが、あまり近過ぎる場所でも良くないので、隣のブロックへと歩く。昔ながらの喫茶店もスターバックスも見当たらなかったものの、一階にカフェのあるホテルを見つけた。円堂はロビーに入り、そこに置かれたソファに落ち着くと、スマホを出して佐野和美のスマホを呼び出した。

「はい、佐野です」

十回ほどコールした後、和美の声が聞こえた。発信者を画面で見て、事務室から給湯室かどこか、周りに聞かれない場所に移動したのだろう。

「円堂です。昨日はどうも。今、札幌に着きました」

「え、もう札幌におられるんですか」

抑え気味だが、驚いたような声がした。事前に連絡があると思っていたのか。

「すぐ近くにいます。出て来れますか」

円堂はホテルの名前を告げた。和美は躊躇いがちに応じた。

「十五分ほど待ってもらえば行けると思いますが、あまり長くは」

「結構です。で、ちょっと厚かましいんですが、昨日教えていただいた、話を聞けそうな社員の方、お一人連れて来てもらうわけにいきませんか」

「えっ」

和美の声が一瞬、途切れた。せっかち過ぎる、というのは円堂も承知している。だが、事前にアポを取って相手にいろいろ考える時間を与えるより、不意打ちに近い形の方が本音を聞きやすいだろう、と思っていた。

「まだ誰にも事情を話していませんから、会ってもらうにも説明が要ります。一時間ほどはいただかないと」

「ごもっともです。今、午後二時半ですから、三時半でよろしいですか」

「わかりました。遅れるかもしれませんが、何とかしてみます」

和美はそう答えて通話を切った。少なくとも、断られることはなかったな、と円堂は安堵の息を吐《つ》いた。


三時十五分になってからカフェに入り、待った。和美が現れたのは、三時四十五分を過ぎた頃だった。青いボタンダウンシャツを着た、三十代前半くらいの男を伴っている。円堂が手を上げると、すぐに気付いて歩み寄ってきた。円堂が立ち上がる。

「やあ佐野さん、急なお願いをして、お手間を取らせまして済みません」

「いいえ、昨日は本当にありがとうございました」

和美は改めて一礼すると、隣の男性社員を紹介した。

「開発企画課の、畠野《はたの》です」

昨日、和美から名前を聞いたうちの一人だ。円堂は名刺を出し、営業スマイルを浮かべて挨拶した。

「リスクコンサルタントをやっております、円堂と申します。本日はお仕事中にお呼び立てするような格好になりまして、申し訳ございません」

「ああ、いえいえ。畠野と申します。よろしくお願いいたします」

畠野も名刺を出し、同じような営業スマイルで応じた。

「あの、済みません。私はこれで失礼します。昨日一昨日のことは、畠野の方に話してありますので」

和美はそれだけ言うと、畠野に「後はお願いします」と声をかけ、さっと踵《きびす》を返した。円堂としては和美にもいてもらった方が良かったのだが、勤務時間中なのだから無理は言えない。察したように、畠野が言った。

「佐野の部署は、皆川が予定外の休みになったので、ちょっとばたばたしてるようです」

「ああ、なるほど。それはわかります」

円堂と畠野は、向かい合う形で腰を下ろした。円堂はホールスタッフを呼んで、畠野に確認してからコーヒーを頼んだ。

「東京からわざわざお越しですか。ご苦労様です」

畠野が、円堂の名刺にあるオフィスの住所を見て言った。

「いやなに、仕事柄出張は多いもので」

円堂もテーブルに置いた畠野の名刺に目を落とす。名前は畠野康志《やすし》、肩書は課長代理とあった。

「開発企画課というと、土地の開発計画を立てるお仕事ですか」

「ええ、大雑把に言いますと、そうです。土地を手当てして、周囲の環境からどんなものを建てたらいいかを考え、形にするんです」

「大変面白そうですね。仕事の成果が目に見える形で残る、というのも羨《うらや》ましい」

円堂が持ち上げてやると、「ええ、その点は」と笑みを見せた。

「ですが、ライバルに先んじて土地が売りに出る情報を得たり、入札のとき競合他社の腹を探ったりするのは、神経を使いますよ」

そうでしょうとも、と円堂は相槌を打つ。

「リスクコンサルタントとは、具体的にどんなことをなさるんです」

畠野に聞かれたので、円堂は昨日、和美にしたのと同様の説明をした。

「そうですか。なかなか難しいお仕事ですね」

理解したように言ってから、畠野は円堂の目を見て尋ねた。

「佐野から聞かれたと思いますが、今度のことは円堂さんの目から見ると、大きなリスクなんでしょうね」

畠野の方から本題に入ってきた。円堂は「確かに」と同意した。ちょうどコーヒーが来たので、円堂は一旦話を止め、スタッフが離れてから続きを答えた。

「伺った限りでは、工事の受発注に何らかの不正が行われている、ということのようですね。これが事実であれば、会社として非常に大きなリスクです」

口にこそ出さないが、詐欺或いは背任横領で立件されるかもしれないケースだ。表沙汰になれば、金銭的によりも信用のダメージの方が大きいだろう。

「浅木工務店という会社が絡んでいるとも聞きました。それはご存じですか」

浅木の名を聞いて、畠野は顔を顰める。

「本来、社外の方にお話しできることではないんですが」

ごもっともです、と円堂は低姿勢で言った。

「会社の不祥事となるようなことを、外に出せないというのはわかります。しかし今は、事情がいささか深刻ではと思いますので」

「はい。皆川が姿を隠したことですね。それについては私も心配しているんですが」

「それだけではありません。三島さんのことがあります」

畠野が眉を上げた。

「自殺した、浅木工務店の三島専務のことですか」

円堂が頷きを返す。

「こう言ってはなんですが、三島さんは本当に自殺だったんでしょうか」

畠野の顔が険しくなった。

「まさか、殺人事件の疑いがある、とおっしゃるんですか」

「可能性として、なくはないのでは」

畠野は否定しかけたようだが、思い直したように一度開いた口を閉じた。それから改めて言った。

「警察は、自殺と見ていると報道されてましたが」

「自殺と断定、という報道は出ていませんよね」

畠野は、疑わしそうに聞いた。

「それに違いがあるんですか」

「あるかもしれませんよ」

円堂が含みのある言い方をすると、畠野は反論する代わりに、ふうっと溜息をついた。

「もし殺人なら、これはおっしゃるように、相当深刻ですね」

「はい。三島さんとは、畠野さんも面識がおありでしょうか」

「ええ。向こうの先代の頃から、うちが工事を発注している建築会社です。もう三十年以上の付き合いですから、支店の者は大概、知っています。私や支店長も含め、開発担当や営業担当の連中は、何度も飲みに行ってますよ」

発注関係部署の者は、みんな三島に接待されていたようだ。やはり、相当深い付き合いらしい。

「三島さんは、専務ということは浅木工務店のナンバー2だったんですね」

「いえ、事実上のトップです。あそこの二代目社長は、先代が亡くなったので急遽《きゅうきょ》後を継いだボンボンです。実務は、三島専務が全部取り仕切ってました」

そういうことなら、三島がいなくなった浅木工務店は、危機に瀕《ひん》しているのではないか。そう聞いてみると、畠野はその通りだと認めた。

「ちょっと前から、コロナの影響で工事が幾つも先送りになって、資金難になっていたらしいんです。三島さんは経営難を苦にして自殺した、と世間では見られてますから、銀行の方もこれ以上の融資には応じないでしょう」

「見限る、ということですか」

「このままでは、倒産は避けられないでしょう。世知辛いですねえ」

気の毒な話だ、と円堂は思う。円堂が相談に乗っている中小企業の中にも、資金繰りで苦しんでいるところは幾つかある。会社を存続させるには、そういう事態に陥る前のリスクヘッジが必要で、円堂も再三、いろいろなアドバイスを行っているのだが、必ずしも思うようにはいかないのだ。

「もしや、三島さんは会社の資金繰りのため、水増し請求を行っていた、ということでしょうか」

円堂が念を押すように聞くと、畠野は逡巡《しゅんじゅん》する素振りを見せた。

「あの、その前に伺いますが、円堂さんはどういうお立場になりますか」

一瞬考えたが、円堂は畠野の聞きたいことをすぐ理解した。

「こういう形で関わってしまいましたから、御社の不利になるようなことはいたしません」

エイコー不動産開発を告発するようなことはない、と請け合ったのだ。畠野はその趣旨を了解し、ほっとしたように緊張を緩めた。

「わかりました。ええ、おっしゃる通りです。三島さんは、水増し請求をしていたようです」

「それは御社の誰も、気付かなかったのですか。定期監査も入ったそうですが」

「受発注の数字が食い違わず、辻褄《つじつま》が合っていれば、通り一遍の監査では発見されないかもしれません。ですが……」

畠野はまた、口籠った。円堂は先を促すように言った。

「発注側にも協力者がいた、ということですね」

畠野は、諦めたように頷いた。

「そうです。水増しを目立たないようにするには、こちら側でも調整が必要です。請求額の設定には、こちらから様々な情報を流してやることも必須でしょう」

「御社の社内の誰かと三島さんとで、水増しで得た利益を分け合っていたんでしょうね」

手口自体は、昔からよくあるものだった。ただし、長続きさせるにはそれなりの腕が要る。

「そういうことです。ただ、本社の監査部は、支店の監査が終わってから目に見える動きをしていません。それがちょっと、気にはなります」

和美の話によると、理香もそれを不審がっていたようだ。だが、監査部が疑いを抱いているのなら、気付かれないよう水面下で調べを進めてから、不意打ちの追加監査を仕掛ける気なのかもしれない。

「発覚したら、社内の共犯者にとっては、かなりまずいことになりますね」

「そりゃあ、懲戒解雇でしょう。刑事告発もありますね」

「であれば、三島さんが目を付けられ、何か喋っては都合が悪い……」

畠野が目を見開き、身震いした。

「まさか、口封じの殺人だと？」

「さっきも言いましたように、あり得ない話ではない、と思いますが」

畠野は、うーんと唸った。その目を覗き込むようにして、円堂が尋ねる。

「三島さんとの不正に関わった可能性のある人に、お心当たりはありますか」

「それは……」

畠野は迷っているようだ。無理もない。円堂の今の話を聞いた後では、殺人犯だと名指しするのも同然だと思ったのだろう。しかしだからこそ、深刻に捉えてもらわねば困る。

「何人か、います」

少し間を置いて、畠野は苦渋の浮かぶ表情で言った。

「その中で、一番怪しいと思える人は誰か、伺えますか」

畠野は、また躊躇った。しかし結局、仕方なさそうに名前を口にした。

「営業に、田中《たなか》というのがいます。八年か九年前、中途で採用された男です」

「その人は、三島さんのところとはだいぶ深い関係だったんですか」

「浅木工務店への発注工事に、何度も関わっています。三島さんとも、月に一回以上は飲みに行ってました。コロナが蔓延《まんえん》してる時期だから控えろ、なんて言われてたこともあります」

「建築の発注は営業課がするんですか」

営業のイメージからはちょっと違うような気がしたが、畠野が説明した。

「大まかなところはうちの課で示しますが、細部は営業の方でテナントさんや入居希望者の要望をまとめたり、マーケティング調査をしたりして仕様を決め、建築業者に発注します。うちはそういうやり方です」

「そうなんですか。では、田中さんも見積りの数字に関与できるわけですね」

「ええ。無論、田中だけではありませんが」

「それでも名前を挙げられたのは、田中さんが三島さんと一番近しい仲だったから、ですね」

「その通りです」

よくわかりました、と円堂は笑みを浮かべ、冷めたコーヒーを飲み干した。

「あの、実はもう一つありまして」

畠野が、おずおずといった様子でさらに言った。えてしてこういう追加の話が重要だったりする。円堂は身を乗り出した。

「何でしょう」

「田中は、三島さんが死んだ日、休暇を取っていたんです」

「ほう。どこかへ出かけておられたんですか」

これはちょっと興味深い。

「田中は、鉄道マニアというか、電車の写真を撮るのが趣味なんですよ。あの日も、何か特別な電車が走るとかで、撮影に行ったらしいです。営業課の者から聞きました」

「特別な電車、ですか。なるほど」

田中にとって、休暇を取る必然性はあったということか。三島が死んだのは、発表によると未明のことらしい。積丹と札幌の間は車で二時間足らずなので、会社を休まずとも、前日に退社してから当日朝、出社するまでの間に三島と積丹に行って突き落とすのは可能だ。しかし、ちょうどその日に休暇を取っていたというのは、怪しむべきところかもしれない。

円堂は、少し考えてから畠野に言った。

「畠野さん、田中さんに話を聞くことは可能ですか」

「えっ、円堂さんが田中に直《じか》に事情聴取するんですか」

これは意外だったようで、畠野は田中の名前を出したのを後悔するように、渋面になった。

「それは、さすがに……」

「お願いします。同席していただく必要はありませんから」

「しかし田中は、今日は外回りに出てるはずです。そのまま直帰すると思いますが」

「私はしばらく札幌に滞在します。明日でも結構です」

言われた畠野は、逃れる口実を見つけられなかったのか、仕方なさそうに承知した。

「わかりました。明日、ご連絡します」

「ありがとうございます」

円堂は目一杯の愛想笑いとともに、頭を下げた。


その晩は、すすきので豪遊したいという誘惑に（主に懐具合の理由で）何とか打ち勝って、道庁近くのビジネスホテルに泊まった。大手ホテルチェーンに属する宿だ。コロナのせいで出張も観光も大きく減っているので、稼働率は半分ほどのようだ。おかげで静かだったし、朝食も空《す》いていてゆっくり摂《と》れた。

畠野からの連絡を待つ間に、杏理に送ってもらったエイコー不動産開発札幌支店の業務実績を読み直した。エイコーは関東地区では大型開発案件を幾つか手掛けているが、北海道では中規模以下のものだけだ。マンションと店舗の複合施設が主で、オフィスは比較的少ない。道内ではまとまったオフィス需要があるのは札幌周辺に限られるだろうから、納得のいく話だった。

ホテルを出て、大通《おおどおり》公園を散歩しているとき、畠野から電話があった。思ったより早い。

「田中は、今日は支店の方にいます」

周りに聞こえないよう気を付けているらしく、畠野の声は小さい。

「三島さんの件について聞きたい、と言うわけにもいかないでしょう。どう言って連れ出しましょうか」

「東京のさる会社が札幌へ進出するに当たって、リスク評価をしているという話でどうでしょう。それにはオフィスの選定も含まれている、ということで」

資料を見ながら考えた理由が、それだった。そういうのがリスクコンサルタントの仕事かと言われれば、首を傾げるところだが、それらしく聞こえれば何でもいい。

「はあ、なるほど。それじゃ、商談ということにしておきましょう」

畠野は円堂の説明を受け容れ、また電話しますと言って一度切った。かけ直して来たのは、五分後だった。

「午後から客先のアポがあるそうですが、十一時から一時間程度は空いているそうです。十一時に、昨日お会いしたホテルのカフェでよろしければ、私が連れて行きます」

「結構です。助かりました。ありがとうございます」

礼を言って電話を切った。十一時まで、あと一時間近くある。円堂は、久しぶりに時計台でも見るか、と西3丁目通を北に向かった。この間に、田中にする話を組み立てなくてはならない。

畠野が田中らしい男を連れてカフェに入って来たのは、十一時を三分ほど過ぎたときだった。「お待たせしました」と言う二人を立ち上がって迎える。

「こちらがお話しした田中です。彼がお役に立てると思いますので」

円堂が話した偽装に従って、畠野が田中を紹介した。互いに名刺を出して挨拶を交わすと、畠野は「別件がありますので」と、昨日の佐野和美と同じようにその場を離れた。畠野も、きな臭くなりそうな現場に立ち会いたくはないのだろう。円堂も、田中に尋問のようなことをするつもりはなかった。

「リスクコンサルタントというご職業の方にお目にかかるのは、初めてです」

田中は営業スマイルらしきものを浮かべて言った。もっとも、マスクに隠れて半分しか見えない。見たところ田中は三十代後半、背格好と体型は中背でやや細め、畠野とだいたい同じくらいだろう。ただ、声は畠野よりだいぶ低音だ。営業職らしく、グレーの夏用スーツにきちんと紺色のネクタイを締めている。マスクは普通の白い不織布だ。名刺には、「営業課主任　田中良憲《よしのり》」とあった。

「札幌進出を考えておられる会社様のご依頼、という風に伺いましたが、どのような業種でいらっしゃいますか」

円堂は顧問契約先の中堅企業の名を挙げた。検索すれば、しっかりした会社だとわかる。田中が直接電話したりすると厄介だが、円堂の頭越しにそんなことはしないだろう。

「わかりました。オフィスをお捜しということですね。私どもで手掛けておりますのは、こちらの物件で……」

田中は、用意してきたオフィスビルの案内資料をテーブルに出した。円堂はもっともらしい顔を作って、それを手に取った。

「リスク評価をされるということですが、具体的にはどのような感じでしょう」

「それはですね、環境やコストについて、中長期的にリスク化することがないか検討し、進出の可否を判断する材料を提供するわけです。もちろん、ＳＤＧｓの観点からもチェックを行いまして……」

格好をつけて難しい言葉で喋ったが、当たり前のことを言っているだけだった。そのぐらいなら、リスクコンサルなど使わずに社内の企画部や総務部でやれる話だ。だが田中は、感心した目付きでしきりに頷いている。

「非常に丁寧に、多角的に検討されているということですね。恐れ入りました」

田中は感銘を受けたように言ったが、本心なのか営業スキルで調子を合わせただけなのか、までは読み取れない。

「環境評価につきましては、こちらに詳しい資料がございます。どうぞご覧下さい」

どうも、と言ってその資料に目を通すふりをした。どうせ今読んでもほとんどわからない。田中は構わず説明を続けている。円堂は、ポイントと思われるところで頷いたり相槌を打ったりしながら、話が終わるのを待った。

「如何でしょう。ご検討いただけますか」

円堂は鷹揚《おうよう》に頷いてみせる。

「持ち帰って評価した上で、クライアントに説明させていただきます」

「はい。何卒《なにとぞ》よろしくお願いいたします」

やれやれ、と円堂は内心でほっとした。これで商談に見せかけた会話は終わった。三十分もかかってしまったが、全く無駄というわけではなく、田中がそれなりに優秀な営業マンだということはわかった。さてここからが本番だ。円堂は資料をバッグに納めると、雑談を始め、さりげなく聞きたい部分に入って行った。

「畠野さんに聞いたところ、田中さんは鉄道がお好きとか」

「えっ、ああ、はい。鉄道の写真などを撮っておりまして」

田中は急に、はにかんだような様子を見せた。

「子供のころから鉄道が好きでして」

「じゃあ、ローカル線などもだいぶ乗りに行かれたんですか。北海道には、味のある路線が多いですよね」

田中の目が、きらきらし始めた。マニアとまではいかなくとも、鉄道趣味に理解のある人と思われたようだ。狙い通りである。趣味に思い入れのある人は、同好の士に出会うと口が滑らかになる。

「はい、休みの日に乗りに行ったりもします。JRになる前の国鉄時代に生きていれば、今はもうないたくさんのローカル線に乗れたのに、と残念で」

円堂からすれば、景色や雰囲気を楽しむのはいいが、数時間に一本しか列車が来ないような路線に一日かけて乗りに行くなど、ご免蒙《こうむ》りたい。無論、そんな考えは表に出さない。

「最近も、どこか撮影に行かれましたか」

「ええ、ちょっと前に、ロイヤルエクスプレス北海道というのを撮りに」

それが何なのかはともかく、田中の言った日付はまさに三島が死体で見つかった日だった。

「どの辺りで撮影されたんですか」

「北広島《きたひろしま》と島松《しままつ》の間です。陸橋から俯瞰《ふかん》で撮る人も多いんですが、僕は駅間のちょっと開けたところまで歩きまして……」

北広島、か。新千歳《しんちとせ》空港から快速エアポートに乗って来たとき、確かにその駅に停車した。結構大きな駅だったように思う。

「撮影は、車で行かれたんですか」

「いいえ、電車で北広島まで行きました。車の運転は、あまり好きじゃなくて。もちろん、必要なときは乗りますが」

やはり車より電車優先なのか。

「その……ロイヤルは、何時頃に走ったんですか」

「ええ、札幌を十一時に出ますんで、撮ったのは十一時半頃です。定刻でしたよ」

そのくらいの時間なら、未明に積丹で三島を始末してから行っても、充分に間に合いそうな気がする。

「撮影した場所までは、だいぶ遠いんですか」

「そうですねえ。歩いて二十分強、というところでしょうか」

よろしければ写真をお送りしましょうか、と言うのを慌てて辞退し、少し考えた。撮り逃すわけにはいかないだろうから、多少余裕を見て、十時半過ぎには北広島へ着いた、と思えばいいだろう。快速停車駅なのだから、改札付近に防犯カメラぐらいあるはずだ。それを調べれば、田中の姿が捉えられているだろう。だが、そんなことは田中も承知しているはず。堂々とカメラに映っているに違いない。

「あの、どうかされましたか」

考え込んでいたのを田中に不審がられたようだ。急いで「いや、何でも」と言ってから、ちょっと小難しい顔を作った。

「その撮影に行かれた日ですが、取引先の役員の方が自殺か何かされた日ではなかったか、と。畠野さんから聞いたのを思い出しまして」

「あ……そのことですか」

田中の顔が曇った。

「おっしゃる通りです。うちの仕事を受けていただいている、浅木工務店という会社の専務さんが自殺されまして。私も休暇中だったんですが、撮影から帰ろうとしているときにメールが来ました」

「知らせがあったということは、田中さんもお付き合いがあった方なんですね」

「はい。何度か仕事をお願いしまして、一緒に飲みに行くこともありました。なので、ちょっとショックでしたね」

「自殺されたのは、こう言ってはなんですが、経営上の問題か何か、でしょうか」

田中は、さあそれは、と言葉を濁した。

「私には、何とも」

さすがに客の前では、資金繰りに詰まりかけていたなどと、知っていても言うまい。

「まあ、こんなご時世ですからねえ」

円堂は、そんな言い方でお茶を濁しておいた。これ以上詳しく聞いて、田中に警戒されてもまずい。

「いやどうも、急な話でしたのに、本日はありがとうございました」

円堂は、ここで話を打ち切ることにした。田中が営業スマイルに戻る。

「いえ、とんでもない。お話をいただき、こちらこそありがとうございました」

ご質問などあれば、何なりとおっしゃって下さい、と言って、カフェを出た田中は円堂に深々とお辞儀し、会社の方へ戻って行った。

さて、どう評価したものか、と円堂は首を捻った。三島の話を持ち出すと、田中は憂い顔になったが、どれくらい動揺したのかは、忌々しいマスクのせいでよくわからない。しかし畠野も言ったように、三島が死んだ日にちょうど撮影に出ていた、というのは気にかかる。

「だがまずは、これだ」

円堂は呟きを漏らすと、スマホを出して杏理にメールした。

「ロイヤルエクスプレス北海道って、いったい何？」

五

杏理からの回答は、二十分ほどで返ってきた。どうやら、ＪＲ北海道と東急グループがコラボした、観光客誘致のイベントツアーのようなものらしい。ツアーに使われる豪華列車が「ザ・ロイヤルエクスプレス」で、普段は伊豆で使われているのをわざわざ北海道に持ち込み、十勝《とかち》、釧路《くしろ》、網走《あばしり》方面を走らせているのだ。伊豆行きなら電車だろうに、電化されていない北海道の奥の方を走れるのかと思ったが、道内はディーゼル機関車に引っ張らせるのだという。そこまでするのかと、円堂はびっくりした。確かに撮影する価値のありそうな列車だ。

一編成しかないので、いつでも走っているというわけではない。日程表が添付されていたので見てみると、このツアーは三泊四日で、八月から九月にかけて七回行われるらしい。田中が撮影した北広島を通るのも、七回だけということだ。たまたま三島が死んだ日であったとしても、一度しか走らないイベント列車ほどではないにせよ、田中にはその日に撮影に行く必然性が一応はあったわけだ。これなら偶然重なっただけ、と充分に反論できるのではないか。円堂は、どう解釈したものかと頭を掻いた。

まあ、それは後で考えよう。円堂には、まだ聞いておきたいことがあった。またメールを打とうとしたが、聞きたいことについてわかりやすい文章が書きづらく、諦めて電話番号をタップした。

「はい」

三コールで杏理が出た。杏理はオフィスにいるときは常にスマホをデスクに置いているから、すぐ出るのはわかるが、外を歩いていると思われるときでも、ほぼ三コールで出る。ポケットや鞄《かばん》を引っ掻き回して、応答するのに十コールもかかっている円堂から見れば、感心するというより謎だった。杏理に言わせると、円堂の整理が悪いだけ、ということだが。

「やあ、ロイヤルエクスプレスの資料、ありがとう。助かった。さすがに仕事が早いね」

「追加で何か必要でしょうか」

相変わらず、愛想も謙遜《けんそん》もない。慣れっこなので、円堂はすぐ用件を言った。

「佐野さんの話では、皆川さんは共用フォルダで怪しいデータを見つけた、ということだったけど、どうだろう。不正請求に関わった犯人が、秘密のファイルを作っていたのかな」

円堂はIT音痴というわけではなく、ビジネスに必要な基本的ソフトは使いこなせるが、それ以上のテクニックはない。一方で、ネットワーク上のリスクは数多くあるため、リスクコンサルを名乗る以上、そういうものは押さえておかなくてはならない。そこで頼りになるのが、杏理だった。仕事を始めてすぐ、彼女がそういった方面にかなり詳しいことがわかり、今では杏理に教えてもらった知識を、さも自分が会得しているように顧客に披露することもあった。

「会社の共用フォルダに、隠しフォルダか隠しファイルを作ったわけですね」

やはりと言うべきか、杏理は即座に円堂の話を理解して応答した。

「共用フォルダは、使用頻度の高いファイルを格納しておき、社内ネットワークで閲覧資格のある社員の誰もがアクセスできるようにしたものです。個人の使うパソコンを調べられて、その中に不正のファイルが見つかれば言い逃れできませんが、誰もがアクセスできるフォルダ内であれば、パスワードなどのセキュリティをしっかりかけておけば、却って安全かもしれません」

「安全、かなあ」

「隠しファイルが見つからない限り、共用フォルダへのアクセス記録からは誰の仕業と特定できないわけですから」

なるほど。共用フォルダへは皆がしょっちゅうアクセスしているから、隠しファイルを開いているところを押さえないとバレないわけか。調査が入りそうになったら、隠しファイルを消去してしまえばいい。普通の調査では、共用フォルダ内に隠しファイルがあったかどうかまで、徹底的に調べはしないだろう。

「隠しファイルを作るのは、技術がいるのかな」

「別に難しくありません。ネット検索すれば、普通にやり方が出ています」

「へえ。そんな犯罪の助けになるようなことを公開してるのか」

「犯罪なんて大袈裟な話ではありません。家庭用パソコンで、例えばエロサイトからダウンロードした画像を隠しておくのに使われています」

若い娘に機械的にエロサイトの話をされると落ち着かなくなるのは、自分がオジサンになった証《あか》しだろうか。

「じゃあ、パスワードとかのセキュリティをかけるのも、難しくないわけだ」

「ええ。セキュリティレベルは、その人がどれほどの技術を持っているかにもよりますが」

エイコーの札幌支店にも、ＩＴに精通した社員はいるだろう。それは和美か畠野に聞けばいいか。

「ですが、皆川という人が通常業務の最中に偶然見つけた、というのなら、セキュリティレベルは高いものではなかった、と言えそうです」

「そうか。それなら対象者は多そうだな」

「支店長クラスは、ＩＴを部下任せにするのでスキルが極めて低いことが多いですが、それ以外の方は、全員可能だと思った方がよろしいです」

杏理はあっさり言い切った。隠しファイルに関しては、現物を見つけない限り、容疑者を絞る役には立たないようだ。

「あと一つ。社内ネットの共用フォルダにそのような細工をするのは、管理者しかできないようにしているケースが多いですが」

「あ、そうか」

円堂のオフィスは杏理と二人なので、管理者という意識はないが、一般のオフィスなら、システムを勝手にいじったり余計なソフトを入れたりしないよう、システム全体の管理者が設定されている。管理者が犯人ではなくとも、共犯ということは考えられるわけだ。

「ただし、管理者のログインパスワードが知られているなら、成りすますことは当然可能です」

何だ。それなら結局、支店のセキュリティ次第というわけか。一歩も前進していない気がしつつ、円堂は杏理を労《ねぎら》って通話を終えた。

さて次は、と円堂は考えた。もう午後一時に近い。腹もだいぶ減ってきた。昼飯にする頃合いだ。せっかく札幌なんだから、やはりラーメンか。それとも、近年札幌名物として浸透している、スープカレーにするか。旨《うま》い店を検索しようとまたスマホを取り出してから、ふと思いついて乳頭温泉鷺の湯の番号を呼び出し、タップした。電話に出た女性従業員に、副支配人を呼んでもらう。

「はい、お待たせいたしました」

「どうも。先日泊まりました円堂と申します。その節は」

女性が行方不明になった件で、と言いかけたが、副支配人はすぐに円堂の名前を思い出したらしい。

「ああ、あのときの。ちょうどよかったです」

「は？」

ちょうどよかった、とは何だろう。副支配人が、何か大事なことを思い出したのだろうか。

「いえね、つい三十分ほど前に、姿が消えた皆川様から、電話があったんです」

「えっ、皆川さんから電話が」

思わず声が大きくなった。これは予想していなかった。

「ご本人でしたか」

「はい。勝手に出て行って、申し訳なかったと。事情についてはお話しいただけませんでしたが、御迷惑をおかけしてと謝っていらっしゃいました」

「今、どこにいると言ってましたか」

「いえ、それはおっしゃいませんでした。お連れの佐野様が大変心配していらっしゃった旨、お伝えしましたが、佐野様の方には自分から電話で説明しておくから、ということでした。私どもとしましては、お代の方は佐野様からまとめていただいていますし、特に実害というものはございませんので、それ以上は」

「そうですか。わかりました。ありがとうございました」

思わぬ展開に、円堂は聞こうとしていたことを忘れたまま、電話を切った。これはどういうことだろう。理香が無事でいることには安心できたが、どういう状況下にあるのかは依然、不明だ。円堂はまた首を捻った。今日、何度目だろう。

「ま、考えがないわけでもないが……」

呟いてみたところで、鷺の湯に電話したのは、到着時の理香の荷物や服装を確かめ、田沢湖駅での目撃証言と併せて確認するためだったと思い出した。もう一度電話しかけたが、さほど急ぎではないと思い直し、やめた。別に明日でもいい。今はまだまだ頭を整理しなくては。円堂は改めてスマホで近くのスープカレー屋を検索した。どうやらカレーで頭を刺激した上で、サッポロビールで頭の回転を滑らかにする必要がありそうだ。


昼食後、しばらくしてから和美に電話してみた。理香からもう連絡が来ているか、確かめたかったのだ。

「今ちょっと、仕事中で」

和美の声に、迷惑そうな響きがあった。

「済みません。手短にお聞きします。皆川さんから、連絡はありましたか」

少し、間が空いた。

「ああ、はい。ついさっき、ありました。円堂さんにも後でお知らせしようと思ったんですが」

「そうですか。鷺の湯に電話したら、皆川さんからお詫《わ》びの電話があったということでしたので、佐野さんにも連絡が来ているかと思いまして」

「鷺の湯に？　そうだったんですか」

「ええ。で、皆川さんは何と言っておられましたか」

「もう少しかかるので、心配しないでくれと。会社には、今週いっぱい休暇にしてもらって、と頼まれました」

「どこにいるかは、言わなかったんですか」

「はい。あの、もういいでしょうか」

「あ、失礼しました。ありがとうございました」

通話は、そこで終わった。円堂は、スマホの画面を見ながら眉間《みけん》に皺《しわ》を寄せた。どうも不自然だ。理香から電話があったばかりなら、円堂の電話を受けて真っ先にそのことを口にするだろう。こちらから聞くまで言わなかったのは、自分から円堂に伝える気がなかったからだ。電話があったばかり、というのも疑わしい。もしかすると、理香は先に和美に電話して打ち合わせてから、鷺の湯に電話を入れたのではないか。

「鷺の湯が捜索願いなど出して騒ぎにしないよう、手を打ったのかな」

やはり和美には、隠していることがある。一度は円堂を信用すると言ったのに、理香と話して考えを変えたのだろうか。

「ま、それはおいおい、わかるだろう」

円堂はスマホをしまって、凝りをほぐすように首筋を叩いた。もう少ししたら、畠野にまた連絡してみよう。

そう思ったとき、ポケットの中から着信音がした。しまったばかりのスマホをまた取り出して、ちょっと苦笑する。クライアントからのメールが入っていた。

「お世話になっております。札幌での、現在の状況は如何でしょうか」

円堂は、当たり障りのない言葉を使って、順調に進んでおりますという内容の返信を送った。急《せ》かされるのは仕方がない。金を払うのはあちらなのだから。クライアントを苛立《いらだ》たせないようにしつつ、自分の都合通りに仕事を進めるのは、この仕事に必須の技術であった。


「あ、先ほどはどうも。如何でしたか」

畠野は連絡を待っていたようだ。田中との面談の結果を聞きたいのに違いない。

「はい、おかげさまで。聞きたいことは聞けた、と思います」

「どんな印象で……あ、電話ではなんですから、さっきのカフェでよろしいですか。今からなら、出られるんで」

「ああ、はい、いいですよ。では後ほど」

あまり同じ店ばかり使って、顔を覚えられるのは好ましくないような気がしたが、畠野もそうそう時間があるわけではないだろうし、他の店を捜すのも面倒だった。大通公園にいた円堂は、急いであのホテルに向かった。

カフェに着くと、今度は畠野の方が先に来ていた。

「申し訳ない、ちょっと離れたところにいたもので」

円堂は詫びて、畠野の向かいに座った。今日二度目のコーヒーを注文したところで、畠野の方から急かすように聞いてきた。

「田中について、どう思われましたか」

「はい。真面目な方のようですね。物件の説明も的確でわかりやすかったですし、営業マンとしては優秀なんじゃないですか。ただ、強いて言えば……」

「ちょっとオタクっぽい？」

畠野がニヤリとして言った。円堂も苦笑しながら認める。

「そんな感じです。電車を撮影する話になると、テンションが上がりました」

「いつもそうです。うっかり電車の話を振ったら、いつまでも喋っていると営業の女子社員から聞きました」

「ははあ、よくわかります」

「それで、あの日はやっぱり撮影に行ってたんですね」

「ええ。ロイヤルエクスプレス北海道というのを、北広島の近くで撮っていたそうです。調べてみたんですが、わざわざ伊豆方面から持ってきて走らせている電車だとか」

「僕はよくわかりませんが、彼にとっては休暇を取って撮影する値打ちがあるようです」

「わからなくもないです。ところで、三島さんが亡くなったのは、夜中のことだったんですよね」

「聞いたところでは、午前二時とか三時とか、そんな頃らしいですが」

「三島さんが転落した崖は、積丹の奥の方なんですか」

「積丹岬のちょい手前です。一番奥の方ですね」

「でも、車なら札幌から、片道二時間ほどなんでしょう？」

「余市まで高速がありますし、夜中なら一時間半でも行けるんじゃないですかね」

「田中さんは、十時半から十一時には北広島に着いていたと思われます。でも、現場まで三、四時間で往復できるなら、アリバイにはなりませんね」

「アリバイですか。うーん、そうですね」

畠野は、アリバイという言葉にきな臭さを感じたか、僅《わず》かに顔を顰めた。

「ですが、もし休暇を取らずに普通に出社していたとしても、充分間に合います。アリバイを云々《うんぬん》する以前の問題でしょうね」

「どっちにしても、アリバイはないわけだ。でもまあ、支店の連中の大半はそうでしょう。僕だって、独身の一人住まいですから夜中のアリバイなんてありませんよ」

「ええ、それが普通ですね。アリバイがあったら、逆に工作したと疑われかねない」

円堂は、畠野の言う通りだと笑った。

「実は私も、独り者でして。よくわかります」

「おや、円堂さんもなんですか」

畠野が意外そうな顔をした。

「まさか、結婚生活のリスクをヘッジするという？」

リスクコンサルタントだけに、という冗談なのだろう。ちょっと寒いが。

「まあその、いろいろありまして」

円堂は、自嘲《じちょう》気味に言った。こんな話をしているときではない。

「ところでですね、畠野さん、明日はお時間ありませんか」

「明日ですか？　明日は小樽で仕事がありますので、直行直帰ですが」

「え、小樽ですか」

円堂は身を乗り出した。

「いや、できれば明日、田中さん以外の方々についてもご紹介いただくか、お話を聞かせていただこうと思ったんですが、小樽ならちょうどいい。二時間くらい、抜けられませんか」

「え？　そりゃあ、抜けられないこともないですが、何でしょう」

「三島さんの件を扱ったのは、所轄の余市警察署ですよね。ちょっと話を聞きに行こうと思いまして」

「警察に？」

これには畠野も面喰《めんくら》ったようだ。

「三島さんの件で、警察の方と話されたのではないですか」

「ええ、自殺をほのめかす遺書のような書き込みやメッセージがないとかで、担当の刑事さんが仕事の事情を聞きに来られました。関係の深い取引先に、浅木工務店の状況について裏付けを取りに来たという話でしたね。支店長と次長が主に応対しましたが、私も田中も簡単に聴取されました」

「やっぱりですか。なお有難い。関係なさそうな私がいきなり行ったんじゃ、怪しまれるだけでしょうから」

「つまりその、私に警察まで付き合えと」

畠野は、今度は僅かにではなく、露骨に顔を顰めた。

「それは……ちょっとご容赦いただきたいところですが」

「ええ、ええ、わかりますよ。誰だって、警察なんか好んで行きたいとは思わない。でも、三島さんの件について警察がどう見ているか、気になりませんか」

「いやまあ、気にならないわけじゃないですが……」

「お願いしますよ。御社の不正にも関わる話です。ここは、縁だと思って」

畠野は、これ見よがしに大きな溜息をついた。

「例の不正の疑いの話を持ち出されては、仕方ありません。ご一緒しますよ」

「申し訳ない。助かります」

円堂は、もみ手をせんばかりに何度も頭を下げた。畠野は諦め顔で、天井を仰いだ。

「あっ、そうだ。あともう一つ」

何です、と畠野が身構えた。いや、たいしたことではと円堂が笑って手を振る。

「支店の社内ネットワークの管理者は、誰になってますか」

「はい？」

畠野は、安堵したような戸惑ったような表情を浮かべたが、すぐに答えた。

「支店次長で総務を担当している和田《わだ》ですが」

「和田次長さんですね。ありがとうございます」

畠野は、円堂が「管理者　和田」とメモするのを、不審そうに見つめた。

六

小樽駅で、畠野の社用車に拾ってもらった。余市までは二十キロちょっと、三十分ほどで着くという。

畠野を待つ間に思い出して、鷺の湯に電話した。昨日聞きそびれた、服装と荷物の確認だ。電話に出た例の副支配人に確かめると、理香の見た目は田沢湖駅での目撃証言と概《おおむ》ね一致していた。ただし、赤いキャップには覚えがなく、バッグはカンバス地の小型のもので、キャリーバッグではなかったようだ。駅員の見間違いの可能性はあるので、円堂はこれについては当面保留とした。

「小樽もコロナのせいで、観光客がすっかり減っちゃって」

畠野は駅のロータリーを出ると、前方の小樽運河の方を示して言った。主にアジアからの観光客で大盛況だった運河周辺も、今は閑散としているそうだ。土産物店やホテルの経営がどんな具合か、考えると気持ちが沈んでくる。円堂のところへも、コロナ禍によるリスク分析の相談が、何件も寄せられていた。

「高速には乗らないんですか」

「ええ。高速は町の山奥を通ってまして、札幌から直行するには便利ですけど、小樽市街からだと使い難いんです。だからこれまでと変わらず、国道で行きます」

畠野は国道5号線を西へと走った。大型車も含め、交通量はかなり多い。

「一応、電話してみました。担当の堀という刑事さんは署にいまして、待っててくれるそうです」

「お手間かけまして、済みません」

畠野は、まあいいですとハンドルから左手を離して、振った。四車線だった道路は市街地を抜けた塩谷《しおや》で二車線になり、海沿いに続いている。もっとも、トンネルが多いので、海を眺めて走る区間はそう長くない。

蘭島《らんしま》を過ぎるとまた家が増え始め、間もなく余市の市街に入った。国道は中心街に近い大川町《おおかわちょう》の交差点で左に曲がり、余市駅と有名なニッカウヰスキー工場の前を通ってニセコの方に向かうが、畠野はそこを直進した。余市川にかかる橋を渡り、左から来る積丹方面への国道229号線を斜めに横切る形で越えると、そこが警察署だった。

余市警察署は、比較的新しく見える薄茶色の、几帳面《きちょうめん》に定規を当てたように四角い、一部だけ三階を載せた二階建てである。玄関を入り、受付で来意を告げると応接スペースに通された。取調室のような場所を期待したが、さすがにそれはない。

やはり警察署ということで、何となく緊張して座っていると、さほど待たずに五十代半ばか後半と見える、胡麻塩《ごましお》頭の刑事が現れた。少し疲れたような雰囲気があるのは、年季のせいだろうか。

「どうも、堀と申します」

堀は、「刑事・生活安全課　警部補　堀龍也」と書かれた名刺を出した。初対面の円堂は、丁重に挨拶した。

「畠野さんから電話をいただきましたが、三島さんの件について、何か」

情報提供でもあるのかと期待するように、堀が尋ねた。畠野は、円堂に目を向けた。

円堂は了解して、話を始めた。リスクコンサルとしての仕事から、乳頭温泉での出来事、エイコー不動産開発札幌支店で怪しげな話があることまで、包み隠さず説明する。不正の話に触れると、畠野は居心地悪そうにした。会社の恥を、警察にチクるようなものだからだろう。とは言え、何であれ隠し事は警察の印象を悪くする。リスクコンサルタントとして言わせてもらえば、余程の事情がない限り、警察には正直であるに越したことはない。それに、エイコーの札幌支店は余市署の管轄外だ。

「なるほど。お話はだいたいわかりましたが」

聞き終えた堀は、やや要領を得ない顔だ。もっとも、これぐらいのベテランなら、考えを表に出さないように演じているのかもしれない。

「今伺った事情が、三島さんの件と関係があると思われるんですか」

「逆にこちらからお尋ねしますが」

円堂が言った。

「三島さんについては、自殺だという最終的な結論は出ていないんですか」

堀は、ちょっと眉を上げた。

「最終の報告は、まだです」

「しかし、報道された内容から考えると、事故の可能性はほぼないですよね。殺人の疑いがあるんでしょうか」

円堂は敢えて直截《ちょくせつ》に聞いた。堀は、動じなかった。

「円堂さん。この余市署で、年間どれくらいの刑事事件を扱うと思いますか」

円堂はちょっと戸惑った。

「さあ……正直、それほど多くはないと思いますが」

「令和二年度で、九十八件です。ひどく少ないわけじゃないが、小樽署の三分の一、札幌市内の各署に比べたら、一割程度です」

「そう……ですか」

「そのうち凶悪犯は、ゼロです」

つまり、殺人など管内でまず起きない、ということだ。

「無論、暇というのとは違います。日々、いろんな事件が起きます。些細《ささい》に見えても、被害者にとっちゃ大ごとだ。だから、どんな事件でもおろそかにはしません」

「それは、わかります」

「自殺だって、うちの管内で滅多にあることじゃない。だから、重大事件で忙しい署よりは、ちょっと手間をかけてきっちり調べておこう、ということですよ」

堀は、穏やかな表情で円堂を見返している。だが腹の内が読み難く、円堂は訝《いぶか》った。堀刑事は、自殺であっても丁寧に調べておきたい、と言っているだけなのか。それとも、自殺と断定するには、どこかに引っ掛かりがあるのか。数秒、堀の目を見た円堂は、後者だな、と感じ取った。

「やっぱり自殺と決めつけられない何かが、あるんじゃないんですか」

食い下がってみた。堀の目が、鋭くなった気がした。

「あなた方の方は？　その会社の経理上の不正が動機になった殺人、と考えておられるんですか」

逆に堀は、こちらの事情をもっと深く聞き出そうとしている。円堂は、ちらりと畠野を見た。こんな場には慣れていないせいか、落ち着きなく視線を動かしている。

「いえその、必ずしも殺人とかそういう風に考えているわけでも……」

畠野が、怖気づいたかのように言った。一昨日の円堂との話では、畠野も殺人である疑いを否定はしなかったが、いざ刑事を前にすると、会社をスキャンダルに巻き込みたくないという守りの意識が強く働くようだ。

「ふむ、そうですか」

堀は少し間を置いて、円堂と畠野を交互にじっと見た。畠野が目を逸らせ、身じろぎする。黙っていると、堀の方から口を開いた。

「傷が、ね」

「は？　三島さんの体の傷のことでしょうか」

円堂が聞くと、堀は声を落とした。

「死因は頭部の打撲で、転落時のものに間違いない。だが一部、落下場所の石と微妙に形の合わない傷がある」

円堂と畠野は、思わず顔を見合わせた。

「それは何か意味があるんでしょうか」

畠野が尋ねると、堀は難しい顔をした。代わりに円堂が言った。

「頭を殴られて意識を失った状態で、崖から落とされたということですか」

「その可能性もゼロではない、とは言えるでしょうな」

堀は、難しい顔を崩さずに答えた。円堂はしばし考えた。もし撲殺した後で転落死に見せかけようとしたなら、傷の生活反応などを見ればすぐばれるだろう。だが、殴られて意識不明になった状態で生きたまま落とされたなら、判別はつくまい。

「でも、帳場は立っていない。殺人とみなすだけの根拠もないわけですね」

殺人かもという合理的な疑いがあるなら、帳場、即ち捜査本部が設置されるはずだ。現場は不規則な形の石だらけの場所だ。傷の形だけでは、根拠が薄すぎるのだろう。

「車の問題がありましてね」

堀が言った。

「車、と言いますと」

「現地の駐車場に、三島さんが乗ってきた社用車以外の車がいた形跡がないんです」

他の車がない？　そうか。殺人だとしたら、三島の車は残っていたから、犯人は別の車で帰ったはずだ。

「第一発見者が来る前に、駐車場を出たのでは」

堀はかぶりを振った。

「それはもちろん、確認しました。駐車場には防犯カメラはありませんが、途中の道にはあります」

堀は椅子から立って、壁に貼ってある管内の地図を示した。

「現場の島武意海岸へ行くには、積丹半島をぐるっと回るこの国道から、積丹岬の方を通る道道９１３号線に入って、漁港のある入舸の集落から駐車場への坂道を上ることになります。入舸には、閉校になった小学校と郵便局と駐在所に防犯カメラがあります。いずれも道道に沿っていて、そこを走る車が映ります。ナンバーが読めるような角度ではないが、車の型くらいはわかる」

「ははあ、現場の駐車場に行く車は、そのどれかのカメラに必ず映るわけですね」

「そうです。三島さんの車は、午前二時半頃に余市側から走ってくるのを、元小学校のカメラが捉えていました」

「死亡推定時刻は」

「二時から四時です。問題は、その間にこの三台のカメラに記録された車は、他に一台もないということです」

「一台も、ですか」

東京近郊なら、どんな夜中であろうと二時間の間に車が全く通らない、というのは、住宅街の中の路地でもない限り、考え難い。それだけ人口が希薄ということか。

「そうです。四時以降は地元の車が何台か映ってますが、どの車も一分以内に三台のカメラを通過していて、あの駐車場の方へ寄った形跡はありません。駐車場の方へ行くには、元小学校と郵便局の間か、郵便局と駐在所の間で曲がるんですが、元小学校のカメラに映っていて郵便局と駐在所のに映っていない、或いはその逆の車は、第一発見者のものだけです」

「はあ……よくわかりました」

「ついでに言うと、自転車も歩行者も映っていません」

堀は、蛇足のような付け足しをした。犯人が歩いて余市へ行った、という選択は、さすがにあるまい。

「まあ、そんな事情がいろいろあるもんですから、拙速に結論を出さないようにしているわけです」

堀は、話を締めくくるように言った。

「で、どう思われますか」

余市署から車を出し、市街の方へ走り出してすぐ、畠野が言った。

「そうですねえ……」

円堂は思案顔を作って首筋を掻いた。

「思ったよりは情報を出してきましたね。でも警察のやることですから、何か思惑はあるでしょう」

「こっちの反応を確かめるとか、ですか」

「それもあるでしょうが、こちらの腹の中を引き出す誘い水、かもしれません」

「腹の中と言っても、最初にこっちは全部話したじゃないですか」

「まだ何かある、と思っているのかも。隠しているとかではなくとも、意識せず忘れているようなこととか」

「遺体の傷のことを聞けば何か思い出すかも、なんて期待されたんでしょうか」

畠野は苦笑気味に言った。

「ちょっと考え過ぎではありませんか」

「さあ、どうでしょう。そう言えば、畠野さんはほとんど喋りませんでしたね」

「ええ。警察ですからね。浅木工務店の不正請求の疑いについて、もっと突っ込まれたら嫌ですし」

言質を取られぬよう警戒して、会社の人間ではない円堂に話を任せたのか。賢明と言えば賢明だが。

「畠野さんは、島武意海岸に行ったことはありますか」

円堂は話を変えた。

「ええ、ありますよ。ずいぶん前に一度。海の青さが綺麗で、積丹ブルーなんて言われて、ちょっとしたブームみたいですね。海岸風景としては、僕は神威《かむい》岬の方がいいと思いますけど」

神威岬は、島武意から十五キロほど西にある、積丹半島のもう一つの岬だ。海に突き出た崖の突端に灯台があり、そこまで崖の上を行く遊歩道が通じている。観光パンフレットなどによく登場するので、円堂もその景色は覚えがあった。

「積丹半島は、よくご存じなんですか」

「いや、この頃は余市周辺までしか来ませんので」

「じゃあ、時間があれば……」

これから現場へ行ってみませんか、と言いかけたのだが、それを察したか、畠野が言った。

「済みません。これから小樽へ戻って、もう一軒客先に行きますので……」

車の時計は、十五時三十五分を表示していた。確かに、急げばもう一仕事できるだろう。

「あ、そうですか。そりゃあ、引っ張り出して申し訳ありませんでした。余市駅で降ろしていただければ結構です」

「そうですか。悪いですね。札幌までお送りできたらいいんですが」

いえいえ、お気遣いなくと手を振る。畠野は、それじゃあとウィンカーを出し、交差点を駅の方へ曲がった。

畠野に改めて礼を言い、余市駅に入った。思ったより大きな洋風の二階建てで、観光物産センターも入っている。次の小樽行きは十六時四分発だ。札幌直通のバスもあるが、調べてみると電車の方が早いようなので、ベンチに座って待つことにした。

思い立ってタブレットを開き、グーグルアースを呼び出した。現地へは一度行ってみるつもりだが、その前に画像だけでも見ておこうと思ったのだ。

入舸の集落を見つけ、ストリートビューに切り替える。近頃は、地方のどこでもこの画像が設定されているので、ずいぶん有難い。クリックすると、二車線の道路と両側の数軒の家が現れた。道路に道道913号の表示が出ている。少し進めると、島武意海岸は右と表示する道路標識があった。その先に、郵便局が見える。防犯カメラのある郵便局とは、これだろう。右に入り、駐車場へ上がる道路を進んだ。入ってすぐにキャンプ場があったが、その先に人家はないようだ。

上がり切ったところに、食堂兼土産物店らしい建物と、駐車場があった。道はまだ上に続いているが、車が入れるのはここまでなので、ストリートビューもここで終わりだ。

転落現場を見るには、やはり現地に行くしかない。

もう一度、道道まで戻った。駐在所の位置を確かめようと思って画像を進めたとき、気になるものが目に入った。画像をそこへ寄せてみる。正体がわかり、思わず声を出した。

「何だこりゃ、バス停じゃないか」

積丹半島の一番奥に路線バスが通っているとは、正直思っていなかった。よく見ると、ご丁寧に待合室まで併設されている。「島武意海岸入口」という停留所名が、辛うじて読めた。

円堂は唸った。駐車場から坂を下りてここまでは、大した距離ではない。十分もあれば歩けるだろう。車やバイクがなくても、バスに乗ればここから立ち去ることはできるわけだ。大都市近郊ならすぐ思い付ける話だが、地元には失礼ながら、こんな過疎地でバスという発想は、出て来なかった。

時計を見ると、電車が来るまであと五分だった。円堂は、急いで杏理にメールを打った。積丹半島のバス時刻表と、電車などに乗り継いで何時間でどこまで行けるか調べるように、と。乗換え案内アプリでも検索できるだろうが、杏理の方が漏れがなく、頼りになる。

小樽行きの気動車は、二分遅れで到着した。さぞかし懐かしい車両が来るだろうと思っていたら、現れたのはピカピカの最新型だった。最近、置き換えられたらしい。ローカル線を舐《な》めちゃいかんな、と円堂はつい笑った。

小樽で接続する快速エアポートに乗換え、札幌には十七時七分の定時に到着した。余市から一時間。これなら、車で高速を飛ばすのとほぼ同じだから、電車の方が楽だ。杏理からの返事は、快速乗車中に届いていた。開いてみるとだいぶ詳しい内容だったので、落ち着いて見るためホテルまで我慢する。部屋に着くとベッドに座って、すぐにタブレットでメールを読んだ。

「島武意海岸入口を通るのは、小樽から積丹岬に行く路線です」

メールは、そんな風に始まっていた。

「夏季は小樽方面行きが一日四本、通ります」と書いた後に発車時刻が記され、バス会社の時刻表のURLまでご丁寧に付けられていた。相変わらず徹底的だな、と微笑む。たった四本しかないのに、都合のいい便はあるのかと見てみたところ、驚いたことにぴったりなのがあった。島武意海岸入口午前七時発の、小樽駅前行き。神威岬への途中にある積丹余別《よべつ》という集落が始発のバスで、余市駅前に八時十四分、小樽駅前に八時五十一分に着く。杏理は、余市又は小樽から電車に乗り継いだときの、主要駅到着時刻も調べて記してあった。それによると、概ね十時には札幌に着けるようだ。会社の通常の始業時刻には間に合わないが、営業部門のように訪問先への直行直帰がある社員や、遅出のシフトがある場合なら、何食わぬ顔で勤務につくことも可能だろう。

これ以外の三本のバスは、全部午後だった。もし殺人が行われたのだとすると、犯人はこの七時のバスに乗ったと考えるのが合理的だ。少なくとも三時間、バスを待つことになるが、夜明け前から停留所の待合室に入っていれば、人目につかずに済みそうだ。

円堂は杏理に「これだけ詳しければ充分です。ありがとう」と返信してから、ちょっと思案した。煙たがられるだろうが、明日、もう一度畠野と話すべきだろう。

翌日午前、畠野に電話すると、予想通り迷惑そうな声で応答が返ってきた。

「ああ、昨日はどうも。また、ご用なんですか」

「ええ、そうなんです。三十分ほど、お時間いただけませんでしょうか」

逡巡する気配がした。が、結局畠野は、「それじゃあ、お昼をどうですか」と言った。これから客先に挨拶に出かけるので、すすきの周辺で昼食を摂りながら、との提案だ。円堂に否やはない。すすきのの地下鉄改札口で十二時に、ということになった。

畠野は、十分ほど遅れてやって来た。遅れを詫びた畠野は、「せっかく札幌にいらしたんですから、スープカレーの美味しい店がありますので、如何でしょう」と言った。昨日もスープカレーだった、とは顔に出さず、円堂は「大変結構ですね」と笑みを見せた。

雑居ビル一階の店は、中心街の昼食時とあって混んでいた。すぐ隣は風俗店の集合ビルで、円堂はつい目を向けてしまった。一般のオフィスビルと風俗店のビルが表通りに混在しているのは、円堂には摩訶《まか》不思議に見えたが、それがすすきのの風景だ。

幸い、ちょうど一番奥のテーブルが空いた。感染対策で席数は減らしているようだが、ほぼ満席なので結構密だ。

注文を終えると、円堂はすぐにタブレットを出した。

「畠野さん、島武意の現場近くにバスが通っているのは、ご存じでしたか」

畠野は、グーグルアースでバス停の画像を見て、目を丸くした。

「いや、知りませんでした。あんなところまで、バスが走ってるんですねえ」

「しかも、使える便があるんです」

円堂は続けて、杏理が送って寄越《よこ》した時刻表を見せた。畠野が唸る。

「七時まで待ってバスに乗れば、十時には札幌ですか」

感心するところへ、さらに続けた。

「例の田中さんですが、十時半ごろに北広島に着いたはずだ、と言いましたよね」

「ええ、そうでしたね」

「小樽までこのバスを使うと、多少遅れたとしても、九時三十三分小樽発の快速に余裕で乗れるでしょう。それに乗れば、そのまま十時二十九分に北広島に着くんです。ドンピシャでしょう」

「へえ……なるほど」

畠野は円堂が画面に出した時刻表を見て、納得したように頷いた。

「確かに、まるで測ったようですね」

そこへカレーが届いたので、タブレットを脇にやって、先に腹ごしらえをした。

「うん、これはなかなか旨い。スパイスの具合がちょうどいい」

円堂が言った感想は、世辞ではなかった。間違いなく、昨日の店のよりも円堂の好みに合っている。これなら、二日続きのカレーでも文句はない。

「そりゃあ、良かったです」

ご案内した甲斐《かい》がありました、という畠野に、円堂は尋ねた。

「さっきの話ですが、休暇だった田中さん以外にも、あのバスで仕事に間に合った人はいるでしょうか」

「え？　ああ、そうですね。札幌に十時前後到着、とすると、うちは九時始業ですから、支店に出勤する者は間に合いません。ですがあの日、私を含めて十人くらいは支店に寄らずに相手先に直行してたり、在宅勤務してますから、自分で仕事の時間を調整すれば、間に合うようにできたでしょう」

「十人もおられますか。ふうむ」

円堂は首を傾げてから、また聞いた。

「畠野さんは、直行直帰が多いんですか」

「ええ。客先やゼネコンさんとの打ち合わせとか、開発地の現地確認とかがありまして、そうですねえ、三日に一度くらいは直行か直帰しています」

「そうなんですか。営業の方なんか、もっと多いんでしょうね」

「月の半分近く、支店に出て来ないのも何人かいますよ」

「営業に強い会社さんは、そんな感じなんでしょうなあ」

「それに近頃は、リモートワークも増えましたからね。今月一度も直接会ってない奴《やつ》もいます。支店の中は、いつも半分くらいは空席ですよ」

「毎朝九時前に出勤して全員で朝礼、なんてのはもう時代錯誤なんでしょうかね」

畠野が笑った。

「昔の名残りというか、うちも月初は集まって朝礼をやってますがね。コロナのおかげで、そういうのはなくなっていくんでしょうね」

ほんとですねえ、と相槌を打つ円堂に、畠野が言った。

「円堂さんなんかは自営のコンサル業ですから、勤務時間はフリーでしょう。羨ましい」

いやいやとんでもない、と円堂は手を振る。

「お客様の都合が最優先ですから。仕事時間もお客様次第で、なかなか自分の自由というわけにもいきませんよ」

気が付くと一時に近くなり、店はだいぶ空いてきていた。これなら、会話が他の客に聞こえることはない。円堂は雑談を切り上げて言った。

「ところで今の話、堀刑事に知らせておこうと思います」

畠野が、真顔に戻った。

「と言うと、バスが使えることを刑事さんに教えるんですか」

円堂はかぶりを振る。

「バスのことなんか、警察は初めから承知してますよ」

「え、でもバスについては、この前は一言も触れませんでしたよ」

「敢えて言わなかったんです」

畠野が怪訝な顔になる。

「考えてみて下さい。所轄が自分の管内のバス路線について、知らないはずはない。殺人の可能性が少しでもあるなら、あのバス停で七時のバスに乗った客がいたかどうかまで、とっくに確認していますよ」

畠野の目が見開かれた。もっともだ、と納得したらしい。

「じゃ、どうして口に出さなかったんです」

「捜査員というのは、摑んでいる情報を必要ない限り外には出しませんからね。こちらから言い出すかどうか、様子を見ているんだと思いますよ」

「様子をって……円堂さんは昨日、警察はこっちの腹の中を探る誘い水をかけてると言われましたが、これもその続きですか。我々がもっと情報を持っていると疑っている？」

「おそらくは」

円堂が肯定すると、畠野は戸惑う表情になった。

「しかし、もっと情報って……」

「田中さんのこと、堀刑事に話しておいた方がいいでしょう」

畠野が、ああ、と呟いた。

「やっぱり時刻がぴったり過ぎるのは、怪しく見えますよね」

「その辺の判断は、警察に任せましょう」

円堂は名刺入れから昨日もらった堀刑事の名刺を出すと、会話が聞こえそうなほど近くに客がいないのを確認してから、書かれた番号をスマホに打ち込んだ。


堀との会話に費やしたのは、五分ほどだった。まず積丹線のバスのことを話してみたが、その返事は、「ええ、確かに路線バスが走ってますね」というものだった。やはり最初から承知していたのだ。

「怪しい乗客が見つかったりしていませんか」

一応聞いてはみたが、堀の答えは予想した通りだった。

「必要なことについては、順次調べておりますんで」

聞きようによっては、木で鼻をくくったような返答だ。まあ、そんなもんだろうと思って、円堂は次の話に移った。

「ちょっと気になる人物がいるんですが」

堀は、ほう、と関心を示すような声を出した。

「会社の方ですか」

「ええ。畠野さんの話によると、三島さんと仕事上の付き合いが深かった営業の三十代後半の社員が、あの当日、変わった動きをしていまして」

円堂は、田中がロイヤルエクスプレスの撮影に行ったこと、島武意海岸入口から七時のバスに乗れば、ちょうど撮影に間に合うことを話した。

「なるほど、よくわかりました。情報提供いただいて、ありがとうございます」

それで話は終わった。電話を切ると、畠野が「どんな感じでしたか」と身を寄せてきた。

「思った通り、バスのことは知っていましたね」

畠野が軽く顔を顰める。

「警察ってのは、人が悪いんですね」

「さっきも言いましたが、捜査員っていうのは、情報を武器にして犯人を炙《あぶ》り出すのが仕事ですからね」

仕事上、警察とも付き合いのある円堂は、堀たちを擁護した。

「まあ、それはわかりますが」

畠野は、面白くなさそうに言った。

「で、田中の件については、どんな反応です」

「それなんですがね」

円堂は少しばかり難しい顔をしてみせた。

「思ったよりは、反応が鈍い感じなんですよ」

畠野が眉根を寄せた。

「田中には関心を示さなかったんですか」

「いいえ、と言うより、既に知っているような気がしました」

これには、畠野は驚いたようだ。

「もうそこまで調べていると？」

「ええ。三島さんの交友関係はもう調べているでしょうから、仕事上関係の深かった田中さんの名前は、要注意リストに挙がっていると思われます。ざっと聞き込みをやっていたら、田中さんがあの日、撮影に出ていたことも耳に入っているかもしれません」

「それじゃあ、僕の名前もリストに挙がってるんでしょうね」

「まあ、そう思っていた方がいいでしょう」

「そう聞くと、落ち着きませんね」

畠野は苦笑して身じろぎした。円堂はさらに続ける。

「田中さんは一度、事情聴取を受けてるんですよね。であれば、容姿もわかっているから、現地やバス車内での目撃情報を確認できているのかもしれません」

畠野は、目を瞬いた。

「そうか。じゃあもう警察は、田中らしいのがバスに乗っていたかどうか、把握してるってことですね」

「おそらくは」

円堂は頷いて、時計を示した。

「もう一時半です。お仕事に戻らないと」

「ああ、そうでした」

言われてやっと気付いたらしく、畠野は慌てた様子で立ち上がった。

七

夕方になって、畠野が電話してきた。少しばかりテンションが上がっているような声だ。

「あれから気になって、支店に戻ってからさりげなく聞いてみたんですが」

田中のことらしい。円堂の話で、畠野も警察の動きを確かめておきたいと考えたのか。

「ここ数日の間に、警察に三島さんとの関わりについて聞かれた者が、さらに何人かいました。ただし、あの堀という刑事ではありません」

捜査本部が立っていない以上、道警本部の刑事ではあるまい。余市署の、堀の同僚だろう。

「警察は一度、浅木工務店の取引先への聴取、という形で来ていたんでしたよね。今回は、何と言っていたのですか」

「三島さんの自殺の動機について、さらに詳しく調べている、とだけ。もちろん、殺人のサの字も出なかったそうですが」

「え、畠野さん、支店の方に殺人の可能性があるとほのめかしちゃったんですか」

「いえいえ、そんなあからさまな」

畠野の苦笑が聞こえた。

「警察がずっといろいろ調べてるなんて、まさか殺人事件じゃないだろうな、なんて冗談で言ってみただけです。警察の方は、冗談にも言わなかったわけですが」

それにしたって、いささか不用意だろう。円堂が、滅多なことを言うと警察に目を付けられますよ、と釘《くぎ》を刺すと、畠野は「気を付けます」と素直に言った。

「警察は田中さんにも、また直接事情聴取したんですか」

「そのようです。支店の連中によると、三島さんのスマホにメールや通話記録が複数回残っていた相手には、一通り聴取してるって話らしいです」

畠野によると、三島と親しかった社員は田中と畠野を含め四名いて、順に聴取されたとのことだった。前回の訪問とは違って、三島との関係に絞り、より詳しく聞かれたらしい。

「あなたは聴取されなかった？」

「この前、直に余市署に出向いてますから、もう一度ってことにはならなかったんでしょうね」

「佐野和美さんは、どうです」

堀には、皆川理香が行方をくらました事情も話したのだから、当然そうしていると思った。が、違うようだ。

「それははっきりわからないんですが、狭い支店ですから、聴取されていれば噂《うわさ》に出ているはずです。本人に尋ねましょうか？」

「いや、それには及びません」

畠野を介するより、自分で電話した方がいいだろう。


畠野からの電話を切ってから数分待ち、円堂は和美のスマホに電話した。電話に出た和美の愛想は、あまりいいとは言えなかった。

「外へ出ますので、ちょっと待って下さい」

十秒余りの沈黙があって、再度和美の声が聞こえた。

「今度はどんなご用件でしょう」

鷺の湯や田沢湖駅での会話と比べると、つっけんどんとも言える口調だ。何が気に障ったのかな、と思いつつ、円堂は用向きを言った。

「警察が来ていたのは、承知してます。でも、私は何も聞かれていません」

「あなたからも、何も話していない？」

「はい」

「わかりました。少なくとも三人は聴取されたと畠野さんに聞きましたが、その通りですか」

「はい」

「みんな、営業部門の人ですか」

「営業課と開発企画課です。三島さんとよく会っていた人です」

畠野の言った通りの流れだったようだ。円堂は少し考えてから、思い切って聞いた。

「営業の田中さんですが、佐野さんから見てどんな印象ですか」

「田中、ですか」

唐突な問いだったので、和美も意外そうな声を出した。

「真面目で、仕事もよくやる人ですが」

「人付き合いはいい方ですか。他の社員と飲みに行ったりとかは」

「営業ですから、それはもちろんです。お酒にも強いと聞いています」

言い方からすると、和美とはさして親しくはなかったようだ。聞いてみると、やはりそうだと言った。

「私より理香の方が、まだよく話していると思います」

「ほう、そうなんですか。仕事でしょうか、プライベートでしょうか」

「仕事です。もちろん」

和美は、素っ気なく言った。不躾《ぶしつけ》な問いが気に入らなかったようだ。

「失礼しました。田中さんの仕事との絡みと言いますと……」

「請求の処理です。田中さんが回した飲食店の領収書とかも。押し問答になったこともあります」

これは経費で落ちません、というヤツか。営業と経理の攻防は、日々あらゆる会社で起きている。だが、気になるのはそっちではない。

「田中さんが絡んだ浅木工務店の請求についても、皆川さんが処理を？」

「そういう場合もあります。お考えになったことはわかりますが、それについては何とも」

理香が田中の回した浅木工務店の請求に不審を覚え、調べた結果、偶然共用フォルダの中に証拠を発見した、という筋書きを思い付いたのだが、和美は否定も肯定もしなかった。

翌日は、これと言って行動計画も立たなかったので、エイコーの札幌支店のすぐ前にあるコーヒーショップに入った。全国チェーンのセルフサービス店で、支店に近過ぎるうえ、落ち着いて話がし難いので、畠野や田中との面談には使わなかった店だ。そこにいると、支店のあるビルに出入りする人々がよく見える。今は九時十五分だが、九時前には、畠野や和美が出勤する姿を捉えていた。張り込みに便利な店なので、もしかしたらと周囲を窺《うかが》ったが、長居している刑事らしい人物の姿はなかった。考え過ぎかと苦笑し、ちびちび飲んでいるコーヒーをもう一啜りする。

五分ほど経って、田中が出て来た。ブリーフケースを提げ、急ぎ足でコーヒーショップの前を通り過ぎる。駅に行くのかと思ったが、次の角を折れて裏通りに入った。何だろうと見ていると、二分後、その裏通りから小型車が出てきて、コーヒーショップの前を通過し、大通方面へ向かった。運転しているのは、田中だった。支店の裏手にある契約駐車場から、社用車を出したらしい。普通に仕事に行くようだ。

車を見送りながら、円堂は考えた。三島が死体で見つかって、今日で二週間だ。その間、田中の勤務態度に不審なところはないという。だからと言って、容疑者ではないと言い切れるわけではない。殺害後、平然とテレビニュースのインタビューに応えていた犯人の例は、幾つもある。

警察の動きはどうか。三島の死後十日以上経って、改めてエイコー不動産開発札幌支店に聴取に訪れたのは、何故か。自殺の動機を調べている、という話だが、それは表向きだろう。殺人を疑っていると気取られ、関係者に身構えられてはまずい。そして自殺であれ殺人であれ、調べるなら、まずは本人の周辺と勤め先の浅木工務店だ。今のところ動いているのが所轄の刑事・生安課だけなら、捜査員の数も限られるから、三島本人に近い所から順に調べを進めていって、エイコー関係者の本格聴取まで十日以上かかった、というのも、納得はできる。

「だが、俺たちが余市署に行ったことで、スイッチが入っちまったのかもしれないな」

腹の内を見せない堀の顔を思い浮かべ、円堂は独り言を呟いた。


昼食を済ませてから、円山公園に出かけた。市街地西部にあるこの公園には、大規模な動物園や野球場もあり、その名を知られている。面積の大きな部分を原始林が占めており、これは本州の公園にはない特徴だった。巨木に囲まれた散策路を歩いていると、とても人口二百万の大都市の一角とは思えない。

平日の昼過ぎとあって、人影はまばらだった。荘厳とも言える空気感に気圧《けお》されながら森の中を歩いていると、スマホが鳴った。杏理からかと取り出してみると、見慣れない番号だ。が、すぐに昨日かけた堀刑事の番号だと気付いた。

「はい、円堂です」

「余市署の堀です。連日、どうも。今、大丈夫ですか」

「ええ、どうぞ」

ここでは、木々の間を飛ぶカラスくらいしか、聞く者はいない。

「昨日のお話にあった、バスの方を調べましてね」

途端に円堂は警戒した。畠野にも言ったが、バスについてはとっくに調べが済んでいるはずで、昨日の円堂たちの話があったからどうこう、というものではあるまい。

「それで、何かわかりましたか」

「ええ。その件でちょっとご協力をお願いしたいんですが、明日、畠野さんとご足労願えませんか。畠野さんには、了解をいただいていますので」

明日は土曜日だ。不動産業は水曜定休が多いが、エイコーは顧客に合わせて土日を休みにしている。余程の用事がなければ、畠野に否やはあるまい。

「わかりました。私も差し支えありません」

「ありがとうございます。畠野さんは十時に、とおっしゃってますが、それでよろしいですか」

「結構です。十時にお伺いします」

堀は、バスを調べてわかっていたことを、今になって教えようという気らしい。昨日円堂と電話で話した後、上の方とも打ち合わせて、段取りを決めたのだろう。円堂は薄笑いを浮かべた。さて、何を聞かせてもらえるのやら。


畠野に電話し、翌朝、畠野の住まいに近い地下鉄北34条駅まで行って、車で拾ってもらった。休日なので、畠野は社用車ではなく、自分のインプレッサに乗って現れた。

「どうも、済みません。車を出していただいて」

円堂が乗り込むと、畠野は「いえいえ」と応じ、「まったく休みの日に呼び出すなんて、迷惑な話です」とぼやいた。円堂も「ほんとですねえ」と調子を合わせる。札幌北インターはすぐ近くなので、余市署までは一時間もかからないだろう。

「警察は、ガソリン代と高速代、払ってくれるんでしょうか」

ＥＴＣ料金所を通過したとき、畠野はそんなことを言った。やはりだいぶ苛立っているようだ。円堂は、「さあ、どうでしょう」と曖昧に笑っておいた。

十時十分前に余市署に着くと、堀は準備万端といった風で待っていた。前回と同じ部屋に通されたが、今日は笠井という若手の刑事が同席した。堀のペアだろう。

「お休みのところ、お呼び立てしてしまして申し訳ありません」

堀は、一応丁重に挨拶した。

「バスの営業所に行きまして、三島さんのご遺体が発見された日の朝、島武意海岸入口を七時に通ったバスの運転手に、話を聞きました」

　堀は一旦言葉を切って、反応を見るような目付きをした。円堂も畠野もただ頷いただけだったので、堀は笠井の方に日配せした。彼が説明するようだ。

「そのバスは、定刻の六時三十八分に積丹余別を出ました。その時点で、乗客は一人。六時五十三分に積丹野塚でもう一人乗りました。いずれも地元のお年寄りです。何度も乗っているので、運転手も顔を覚えています。で、問題の島武意海岸入口ですが」

　笠井は一枚の紙を出した。画像を印刷したものだ。

「この人物が乗ってきました。地元の人間ではなさそうです。運転手も、見覚えのない客だと言っています」

　笠井はテーブルの上を滑らせて、画像を円堂たちの手元に回した。円堂と畠野が、額を寄せる。

　映っていたのは、黒っぽいウィンドブレーカーを着てジーンズを穿《は》いた中肉中背と見える人物だった。バス車内のドライブレコーダーのものだ。料金箱の横に立ち、料金を支払おうとしているらしい。だが、フードを被っている上にマスクをしており、顔もカメラを向いていないので、ほとんど見えない。

「ちょっとわかり難いですが、これを見て思い当たる人はいませんか」

堀が聞いた。だが、この映り方では誰とも断定できないだろう。

「これは難しいですねえ」

畠野が溜息混じりに言った。

「身長は一六五センチ前後です。この前話しておられた田中さんには、似てませんか」

「ええ……確かに似てはいますね」

畠野は、そう思いませんかという風に円堂を見た。円堂は画像に目を凝らして、首を捻った。

「似ていますが……この服装でこの角度じゃ、私や畠野さんにしても、そちらの笠井さんにしても、似たように見えるんじゃないですか」

笠井が苦笑のようなものを浮かべた。自分でもそう思っているらしい。

「まあ、おっしゃる通りですな」

堀も、仕方ないというように頷いた。

「他の角度の画像はないんですか。車内で座っているところとか」

笠井がかぶりを振る。

「運転席の横の、これだけです。車内の真ん中辺りから全体を捉えるカメラを付けている車もあるんですが、このタイプの車にはなかったんです」

「もしかしてこの男、それを知っていたんでしょうか」

「かもしれませんな」

「今は誰もがマスクをしてますから、こういう画像も使い難いですね」

畠野が言うと、堀は「そうでもありません」と応じた。

「目とか耳とかが映っていれば、人物特定は可能です。ですがこの人物の場合、どちらもはっきりわかりません。それを承知で、カメラに顔を向けないよう、注意しているように見えます」

つまり、怪しさ満点というわけだ。

「車内でフードを被ったまま、というのは明らかにおかしいですよね」

円堂は画像のその部分を指で叩いた。が、笠井が否定した。

「このとき、小雨が降っていましてね。車内でフードを被りっ放しなら不自然ですが、乗り降りするときなら、傘を持っていなければ被っていてもおかしくはない」

天候もこいつに味方した、ということか。

「乗っている間はフードを外して顔を曝《さら》してたんでしょう。乗客の証言は採れませんか」

円堂はなおも尋ねてみたが、堀も笠井も渋い顔をした。

「残念ながら。余所者《よそもの》だ、ということはわかっても、じろじろと観察してはいなかったですから。途中から部活に行く高校生が何人も乗ってきましたが、他の乗客には全く注意を払わなかったようです。見たとしても、さっきおっしゃったように、マスクで顔は半分隠れてますし」

なるほどねえ、と円堂は頭を搔いた。

「この男……あ、男でいいんですよね」

「厳密に言うと、男女どちらか特定できませんが、まあ男だと見ています」

「わかりました。この男、終点まで乗ったんですか」

「ええ、小樽駅まで。そこからJRに乗ったのは、駅のカメラで確認できています」

「そちらのカメラでも、顔ははっきりしない？」

「生憎、その通りです。九時四分発の江別《えべつ》行きに乗ったのはわかっていますが、札幌で降りたとしたら、ウィンドブレーカーを脱いでしまえば、体型に特徴が少ないだけに、カメラの映像から捜し出すのは厄介でしょうな」

その電車なら無論、北広島での撮影に充分間に合う。バスの映像が田中だとすると、カメラなど撮影機材を持っていないが、札幌で降りてどこかに置いていた機材を回収して撮影に向かうことも、時間的には問題なかろう。

「そうだ。バスや電車に乗ったなら、ＩＣカードに記録が残るのでは」

畠野が、いいことを思い付いたというように言った。だが、警察はそんなことぐらい、最初から承知している。

「画像で確認しましたが、バスは現金で支払い、駅では自販機で切符を買っています。記録を残さないようにしていますね」

畠野は、がっかりしたのか俯いた。円堂が聞く。

「では今のところ、このバスの人物が誰か特定することはできない、ということですね」

「今のところは」

堀が答えた。あくまで今のところは、というわけか。手間をかけて捜査を進めれば、いずれ特定できるという自信があるのか。しかし、多数の捜査員を動員してそれだけのことをするには、根拠がいるだろう。

「これは殺人事件だと思われますか」

円堂はストレートに聞いた。堀が、微かに眉を動かす。

「警察としては、殺人と考えるには根拠が薄いと考えています」

紋切型の答えだ。それでも、否定はしないんだな、と円堂が思っていると、堀が微かな笑みを浮かべて、さっきと同じひと言を付け加えた。

「今のところは」

余市署を出て車に乗り込んだとき、円堂は畠野に声をかけた。

「あの、よろしければ、ですが……」

「わかってます。島武意海岸ですね」

畠野は言う前から了解し、警察署を出ると左にハンドルを切った。円堂は恐縮した。

「済みません、お休みなのに、何だかタクシー代わりにしてしまって」

「構いません。今日は寝てようと思ってたんですが、気分転換もいいでしょう」

畠野は、インプレッサを積丹半島の奥に向けて走らせた。幸い、空は晴れている。

「この頃は、お忙しいんですか」

「ええ、まあ何かと。実は、ちょっと大きな開発案件に関わってまして。開発企画課は支店長が課長を兼ねる直轄部署なんで、まだ支店内では支店長と僕しか知らないんですが」

「ほう、それはそれは。やりがいのありそうな仕事ですね」

「ええ。支店としては今までにない大型案件ですから」

畠野は笑みを浮かべた。自分がその主役として働いているのが誇らしいのだろう。

「どの辺りです。札幌市内ですか」

「あ、それは。競争相手もいますから慎重に扱いたいので、入札公示までは秘密です」

「これはどうも、失礼しました」

円堂は話を変えた。

「ちょっと不謹慎かもしれませんが、積丹と言えばウニ料理ですよね」

「ああ、それですね」

畠野が、当然とばかりに頷く。

「じゃあ、もう昼ですから、島武意へ行く前に寄って行きましょう。土曜日だと有名店は混んでるんですが、穴場の店がありますから」

「そりゃあ、楽しみです」

口の中に唾液が滲《にじ》み出て、思わず円堂は口元を押さえた。


美国港《びくにこう》から近い一軒の店に入り、ウニ丼を注文する。積丹のウニはすっかり有名になったため、行列のできている店もあったが、ここは畠野の言う通り穴場らしく、看板が小さくて目立たないせいか、客は三組ほどだった。

運ばれて来たウニ丼に目を見張る。瑞々《みずみず》しいウニが丼からはみ出すほどびっしり並び、ご飯が見えない。

「東京じゃ、この倍の値段でも食べられませんよ」

「まあ、じっくり味わって下さい」

促され、ウニを崩さないように注意しながら箸《はし》でつまんで、口に運んだ。とろけるような舌触り、とはまさにこれだろう。思わず目を細める。

「こりゃ凄《すご》い」

「なかなかでしょう」

畠野が笑っている。これだけでも、東京から来た価値はあろうというものだ。円堂は、つい仕事を忘れそうになった。

充分に堪能して、店を出た。財布を出した畠野を止め、車に乗せてもらっているので、と円堂が支払う。一応きちんと、「御食事代」と記載した領収書をもらった。「ウニ丼」と書かれたレシートを渡したら、杏理に思い切り睨まれるところだ。

美国を出た車は、峠道にさしかかった。海沿いに半島を走っているとは思い難い景色だ。これを越えたら島武意です、と畠野がカーナビを見て言った。

しばらく人家の見えない山中を走り、平坦になったところで左手に学校らしい建物が見えた。カメラを設置した元小学校、というのはこれだろう。もう少し行くと集落になり、グーグルアースで見た島武意海岸への標識が現れた。畠野は標識に従い、右に曲がる。

左へ右へとカーブして坂を上り切ると、駐車場に着いた。左手に食堂兼土産物店がある。三島の社用車が見つかった駐車場だ。

「細かい位置はわかりませんが、三島さんの車はここに止まっていたはずです」

車のエンジンを切り、畠野は周囲を手で示した。晴天の土曜日ということで、十数台の車が止まっている。遅めの夏休みだろうか、関東地方のナンバーの車も見えた。円堂は車から出て、ざっと見渡した。防犯カメラの類《たぐ》いが設置されていないことは、一目でわかった。

「この上ですね」

畠野が先に立って歩き出した。円堂がすぐ後を追う。道は車止めの少し先からトンネルになっていて、歩いてそこを抜けると、目の前に海が広がった。

「おう、これが積丹ブルーですか」

展望所に立った円堂は、感嘆の声を上げた。青空を映し出した海面は、目に痛いほど鮮やかな濃い青色を見せている。吸い込まれるような美しい色合いだった。

「コロナがなければ、夏場は結構な人出らしいですけどね」

海岸を見下ろして畠野が言う。それでも、三十人くらいの観光客が来ているようだ。

「下りますか」

畠野が階段状の遊歩道を示して聞いた。遺体が見つかった場所までは、行ってみる必要があるだろう。帰りは大変だな、と思ったが、円堂は「行きましょう」と言った。

十分足らずで海岸に下りた。円堂は崖の上を見上げ、帰りは倍以上かかりそうだな、と溜息をついた。

「どこで見つかったんでしょうか」

「展望所の真下、と聞いてますから、あの辺でしょう」

畠野が崖下を指差す。円堂はそちらに向かった。足元は堆積した大小の石で覆われ、革靴では歩き難いことこの上ない。足を挫《くじ》かないよう注意しつつ、崖下に寄った。

「うーん、ここから落ちたら、そりゃあ助からないな」

円堂は崖上と石の地面を交互に見て、呟いた。

「さすがに痕跡は残ってないでしょうかねえ」

畠野は足元を見回して言った。丹念に調べれば、血痕が残った石を見つけられるかもしれないが、鑑識の経験のない円堂たちがそれを見ても、何かがわかるわけではない。円堂としても、現場がどんな場所か見てみたい、という以上のものはなかった。

「もし殺人だとしたら、こんな綺麗な場所を選ぶなんてねえ」

畠野は海の方へ視線を投げ、残念そうに言った。

「選んだ理由は、幾つか考えられます」

円堂が言った。畠野が怪訝そうにこちらを向く。

「夜中ならまず目撃者の心配はないこと、防犯カメラがないこと、車がなくてもバスで帰れること。これだけ揃えば、理由として充分でしょう」

「ああ……それはおっしゃる通りですね」

畠野は納得したようだ。が、円堂はさらに言った。

「しかし、マイナスの要素もあります。バスは両刃《もろは》の剣《つるぎ》です」

「両刃、ですか」

畠野は首を傾げる素振りを見せた。

「ええ。言ってはなんですが、ここの路線は典型的な過疎路線です。地元の人も、学生以外は普段の移動は車でしょう。ごく限られた人しかバスは使わない。早朝の上り便なら、観光客もいない。ここの停留所から余所者が乗れば、目立つことこの上ない」

「確かに。乗客も運転手も、ここから乗った男のことを覚えてましたもんね」

「ええ。ただ、警察が期待したはどの証言は得られなかったようですがね」

僅かな乗客は、思ったより無関心だったようだ。円堂は肩を竦めた。

「それでも目立つのは確かである以上、アリバイ工作に使うにはリスクが高い。もし田中さんが犯人であると考えるなら、ですが」

「ええ、それはわかります」

畠野は、少し考えてから言った。

「でも、支店の関係者にはアリバイがない人が多い。前にも言ったと思いますが、私もそうです。アリバイ工作らしきものをしているとしたら、その方が却って怪しいとも言えますよ」

「一理ありますね」

円堂はその言い分を認めた。

「バスと電車撮影の組み合わせなんて、いかにも田中の考えそうな感じがしますが」

畠野が笑いながら言った。これはまあ、冗談だろう。

「まあ、どちらとも考えられます」

軽く頷いてから、円堂は堀の口調を真似《まね》て言った。

「今のところは」

八

せっかくだからと小樽で畠野に降ろしてもらい、小樽運河を見に行った。この前、小樽駅から畠野の社用車に乗せてもらったとき、ちらっと見ただけだったが、やはり人影は少ない。観光客は何十人かいるのだが、団体客がひっきりなしに訪れる場所だったことを思えば、閑散としていた。おかげで綺麗に整備された運河と倉庫の風景を、傍若無人な海外の観光団体に邪魔されることなく、ゆっくり楽しめた。倉庫の中や運河沿いには、飲食店や土産物店がたくさんあったが、半分くらいは休業しているようだ。観光業の比重が高いところは、しばらく大変だな、と円堂は同情した。自分は、そうしたことも含めて危機を飯の種にしているだけに、多少の罪悪感も覚えた。

札幌のホテルに戻ってから、佐野和美のスマホを呼び出した。今日で皆川理香が消えてから、ちょうど一週間になる。新たな連絡が入っていないか、確かめておきたかった。

「はい、佐野です」

和美の声は、やはり愛想がなかった。休みの日を邪魔されたのだから、当然と言えば当然だろうが、円堂を避けたがっているという印象はぬぐえない。嫌なら着信拒否すればいいのだが、そうしたくもないというジレンマがあるようだ。

「お休みのところお邪魔して済みません。皆川さんからその後、何か連絡はありましたか」

「はい。今日、ありました」

意外にあっさりと和美が言ったので、寧《むし》ろ円堂は驚いた。

「そうですか。元気そうでしたか」

「はい、大丈夫です」

「居所は、やはり？」

「教えてくれませんでした。心配ない、とだけ」

「騒ぎにはしてほしくないんですね」

「ええ、そういうことです」

「いつ出て来るかも、言ってないんですね」

「はい」

円堂はちょっと訝しんだ。和美の話を信じる限り、美香は会社で行われた不正の証拠を握ったままのはずだ。身の危険を意識しているなら、警察など出るところへ出ればいいのに。

そう言いかけたが、和美に言っても仕方あるまい。和美も、円堂が尋ねないことは自分から言わないつもりのようだ。

「わかりました。もし皆川さんの居場所について何かわかったら、教えて下さい」

和美は、そうしますと言って電話を切った。

一週間か、と円堂は腕組みした。これからまだ隠れているつもりなら、滞在費も馬鹿になるまい。実家や親戚の家は、すぐ知られるから隠れるには不向きだ。学生時代の友人の家、などが一番ありそうだが、理香は動かないまま何を待っているのだろう。

夜、杏理からメールが来た。いつまで札幌に滞在するのかと聞いている。他の案件を頼まれている顧客から問い合わせがあったそうだ。いつまでと聞かれると困るが、目下のところこの件を最優先にしているので、あと数日と曖昧な返信を送っておいた。事務処理にかけては優に三人分の働きができる杏理だが、顧客の応対についてはいささか心配がある。杏理自身もそれはわかっているはずだから、余計な気を遣わせているかもと申し訳なく思った。

それだけじゃないな、と円堂は頭を掻く。理香よりも、自分の滞在費が心配になってきた。全額クライアントに請求できればいいのだが。

翌日の日曜日、円堂は十時二十九分着の快速で北広島駅に着いた。問題の日、田中はおそらくこの時間に、ここで降りたはずだ。改札で上を見ると、カメラの位置はすぐわかった。だが、円堂が映像を見せてくれと言っても、断られるに決まっている。堀刑事たちがもうチェックしたかどうかまでは、わからない。

円堂は駅から出て、一つ千歳寄りの島松駅の方へ歩き出した。地図で見ると、二百メートルくらい東に線路と並行する道路があるようだ。そこに出て、南に行く。四車線の立派な道路だったが、十分も歩くと市街地が途切れた。

そこで円堂は立ち止まった。その先は開けた土地らしく、線路の近くに行けば充分に見通しが利くようだ。どこででも電車を撮れそうな気がするが、マニアにはそれなりのこだわりがあるのだろう。それは円堂には判別がつかない。

円堂は諦めて踵を返した。田中がここに来ていたのはほぼ間違いないだろうから、証拠を捜す意味はない。撮影地として不自然な場所でない、と確かめられれば充分だった。

月曜日。円堂が札幌に来て一週間である。さすがに他の仕事を放りっぱなしでは拙《まず》いので、あと二、三日である程度片付けて帰京したいところだ。ほぼ見当がついたこともあるが、全体の解決を見込めるには至っていない。とは言え、法的権限のない円堂が動ける範囲は限られている。次はどういう手が打てるだろう。

まあ、焦っても仕方がない。そう思ってゆっくり朝食を摂り、朝イチで入ってきた仕事のメールをチェックしていると、電話の着信音がした。画面に表示された相手の名前は、佐野和美だった。

「はい、おはようございます」

「おはようございます。今、いいですか」

辺りを憚っているらしい小さな声だ。円堂は背筋を伸ばした。

「ええ、いいですよ」

「あの、お話ししていいものかどうかと思ったんですが……」

和美が躊躇いがちに言う。円堂はできるだけ優しい声を出した。

「大丈夫、何でもおっしゃって下さい。私から話が漏れることはありません」

「はい……」

和美はまだ、円堂をすっかり信用してもいいか、考えている様子だ。今さら、と思ったがそれは抑え、促すように聞いてみた。

「皆川さんから、新しい連絡が来ましたか」

それを期待したのだが、違った。

「いえ、そうじゃなくて、支店のことなんです」

「は？　何かありましたか」

「ええ……この土日に、和田次長がシステム関係の業者を呼んだみたいなんです」

「ほう。メンテナンスでしょうか」

「いえ、普段支店に来ている業者さんとは違うんです」

和美が言うには、土曜日に和美の同僚が支店のビルの前を通ると、和田次長が玄関で見知らぬ若い業者らしい男二人と話しているのを見かけた。総務担当次長が休日出勤するのは珍しいので、同僚は何だろうと思って、その男二人が和田に挨拶して車に乗るところを見ていたそうだ。

「そうしたら、車に小さく社名が書いてあって」

和美の告げた社名は、円堂も知っていた。東京に本社のある、大手電機メーカー系のＩＴサービス会社だ。

「つまり、和田次長は内密に何か行ったと？」

和美はまた躊躇ったものの、考えを話した。

「支店のパソコンを調べたか、何かやったんじゃないかと」

「やったと言うと、データを消したり細工したり、ですか」

「はい……そのような」

「そうですか。わかりました」

どうやら状況が動き始めているらしい。円堂は了解して、知らせてくれた礼を述べようとしたが、和美は続けて言った。

「それだけじゃなくて……」

「え、和田次長が他に何かしたと」

「いえ、和田次長ではなくて、営業の二見《ふたみ》課長です」

「営業の？　田中さんの上司ですね」

「はい。その二見課長が、金曜日の夜、遅くまで一人で支店にいたそうなんです」

「残業、ですか」

営業課の者が残業するのは、別に珍しくないように思える。課長一人というのが気にはなるが、それほど異常だろうか。

「営業の残業は多いですけど、金曜は七時で一応、全員が退社してるんです。ところが、総務の人が十時過ぎに支店の前を通ったら灯りがついてたんで、残業減らしの通達を出しているのに誰だ、と思って通用口の警備員に聞いたら、二見課長が一人で戻って来て中にいる、と。総務の人は、課長なら仕方ないと帰ったそうなんですが」

「それは、異常なことなんですか」

「営業では、今月はそんな遅くまで残業する仕事はないはずです。そこまで忙しければ、あの日の田中さんも休暇なんか取れていないと思います」

「課長だけ、何か案件を抱えていたのでは」

「そんなことはありません。そもそも、二見課長が一人で残業するなんて、今まで一度もなかったんです。課長はパソコン作業を面倒がってて、残業するときは必ず一人か二人、つきあわせていました」

「では……二見課長も、内密に何かやっていたのでは、と？」

「ええ……そう思います」

「和田次長がやっていたことと、関係あると思いますか」

「わかりませんが、少なくとも協力してはいないでしょう。あのお二人、派閥のラインも違ってて、あんまり仲は良くないですし」

ほう。ありがちだが、この支店でも管理畑と営業畑の仲はよろしくないようだ。それとも、特別な理由があるのだろうか。

「この週末、総務担当の次長と営業課長が、それぞれ内緒で何かやっていた。その中身は、わからない。たぶんお互いにそのことは知らない。こういうお話ですね？」

円堂が確認すると、今度は躊躇いなく和美は「はい」と答えた。

「わかりました。知らせていただいて、ありがとうございます」

これで少し面白くなってきた。

「それだけで何をやっていたか推測するのは、無理です」

電話の向こうで杏理は、切り捨てるように言った。

「しかし、和田次長が普段と違う業者を呼んだのは、内密に支店のパソコンを調べたかったからだろう」

「データに細工したのではない、と思われるんですか」

「佐野さんは疑っていたが、そういう作業なら、部外者である業者を呼んだりはするまい」

「業者も共犯かもしれません」

「そう言い出したらきりがない。やはり、何かを調べたと思うんだが」

「具体的に何を調べたのかは、支店のパソコンに入らないとわかりません」

「まあ、それは」

何を見つけようとしたのか、実際に何か見つけたのかは、確かに不明だ。

「二見課長の方は、一人で何かやりたかったんだ、ということしか推定できません」

「和田次長がパソコンを調べると知って、事前に都合の悪いものを消去したんじゃないかな」

「ログイン記録を見ないと、そもそもパソコンを操作したかどうかもわかりません」

「和田次長が業者を呼んだ前日の夜に、一人で何かしてたんなら、そう考えるのが普通じゃないか」

「では、都合の悪いものとは何だとお考えですか」

「それは、三島さんのところからの不正請求の関係データだろう」

「つまり、二見課長もその件に関わっているとお考えなんですね」

「営業の課長なんだから、充分あり得るさ」

「下の人が課長の目を盗んで不正を行うのは、不可能なんですか」

「うん……確かめたわけじゃないから、絶対とは言えないが」

「それに、どうして今なんですか」

「え？」

「三島さんが亡くなってから二週間、皆川さんが姿を隠してからも、一週間以上経っています。発覚の危険を考えるなら、とっくに証拠を消しているのではないでしょうか。次長が業者を呼んだ前夜に慌てて作業するなんて、あまりにも迂闊《うかつ》では」

「それは……」

　杏理の言うのは、全て正論だ。詰めの甘さを容赦なく指摘されたようで、円堂はたじたじとなった。

「……もうちょっと、調べてみる」

「それがよろしいかと思います。では、また何かありましたら」

電話が切れ、円堂は「やれやれ」と大きく息を吐いた。十五も年下の女性にはっきり駄目出しされると、いささか凹《へこ》む。だが、それが杏理の持ち味であり、頼れるアシスタントたる所以《ゆえん》なのだ。

まあ、もっと働けということか。円堂はスマホをしまって立ち上がった。


午後、円堂はまた、支店に近いホテルのカフェに座っていた。もう三度目か四度目なので、カフェのスタッフに顔を覚えられたらしく、いつもどうも、という笑顔で迎えられた。あまり馴染みになるのは痛し痒《かゆ》しだが、他に適当な店を知らないので、仕方がない。

十分ほど待つと、畠野がやって来た。知り合いに見られていないのを確かめるように、左右を一瞥《いちべつ》してから円堂の前に来る。

「やあ、またお呼び立てしてしまって」

愛想よく言ったが、畠野の方はやや迷惑そうだった。

「メールをいただいたので。どんなご用ですか」

「済みません。今、お忙しいんですか」

「ええ。先日ちょっと言いましたが、大型開発案件のことでバタバタしていまして」

「ああ、その関係で外出されてたんですね」

「そうです。まだ内々で動いてますから、なかなか厄介で……それで、何でしょう」

「ええ、実は和田次長と二見課長に関して、なんですが……」

円堂は和美から聞いた話を、いくらかぼかして畠野に聞かせた。出どころが和美だということも、伏せた。

「和田次長、ですか」

畠野は、うーんと唸って腕組みした。

「それに二見課長、と。どっちも何かありそうですね」

「と、言われますと」

「会社の恥みたいなんで、あまり言いたくはないんですが」

畠野は、いかにも内緒話というように顔を近付けた。

「和田さんも二見さんも、データの細工などをすることは充分あり得ます」

「ほう、そうなんですか。不祥事を隠そうと？」

「ええ。私の知らないところで、会社ぐるみで何かしているなら」

「刑事事件になりそうなことですか」

畠野は、いえいえと慌てて手を振った。

「そんな大ごとでは……いや、厳密に言えば違法なことなんでしょうけど」

「不正請求のもみ消し、ですか。浅木工務店との不適切な関係」

「浅木工務店、と言うより、三島さんとの、ですね」

畠野はしたり顔になって、声を低めた。

「三島さんが亡くなったことで浅木工務店側からこの不正請求が発覚する可能性もありますから。水増し請求した儲《もう》けをうちの者と三島さんが山分けしていたなら、表沙汰になると当社のダメージも小さくありません」

「証拠隠しは、コンプライアンスの重大な違反ですよ」

「もちろんおっしゃる通りです。ですが、今狙っている大型開発案件を受注するには、不正請求の発覚は大変なマイナスです」

「入札辞退に追い込まれる、と」

「そうです。他の件にも影響します。ですから、和田次長も二見課長も、この件を隠蔽する動機があります」

「あなたが心配しているように、田中さんが怪しいとすると」

円堂は首を傾げる。

「その上司である二見さんが隠蔽に動くのはわかりますが、和田さんは総務担当ですから、支店のコンプライアンス責任者なのでは」

「ええ。本来はこういう不正を取り締まる側なんですが、皮肉ですよね。本社の意向が働いているかもしれません」

「本社の？」

「和田次長は、本社の総務部長と繋がっています。天野紀子《あまののりこ》という、やり手の女性なんですが」

「その天野部長が、不祥事の発覚を阻止しようとしている、ということなんですか」

いきなり本社総務部長の名が出て、円堂は訝しむ視線を送った。畠野は、ほんの少し言ったのを後悔する素振りを見せたが、そのまま続けた。

「天野部長は、次の執行役員を狙っています。不祥事をうまく治めて営業畑に恩を売り、自分の点数を上げようと考えているのでは、と思いまして」

「総務部長とは、本来は不祥事を隠さず、社会の信頼を得られるような治め方をするのが仕事でしょう」

「理想はそうですが、社内にはそういう正論を嫌う空気も残っていますから。言ってはなんですが、天野部長は女性なだけに尚更風当たりがあると思いますよ」

「ふむ、そういう古い体質が残る会社は、まだまだ多いですよね。私も、顧客に頭の古い方がいて、説明に苦労することはよくあります。長年働いて培われた意識を変えるのは、並大抵ではないですね」

円堂が経験に照らして同意すると、畠野は困ったもんですと眉をひそめる。

「天野部長は頭が切れますからね。もし田中の行動がアリバイ工作だったとしたら、案外、天野部長の差し金なのかもしれません」

「そんなことをしそうな人なんですか」

畠野は、おそらくは、と頷いてみせる。

「わざと姿が目立つローカルバスを使ったのも、何か考えがあってのことかもしれません」

「考えって、どんな」

「それはわかりませんが」

畠野は、ただ思っただけですと笑った。それから、真顔に戻って言った。

「ひょっとすると、皆川が姿を消したのは、天野部長の企みかもしれません」

さすがに、この指摘には円堂も驚いた。

「え？　どうしてです」

「皆川は不祥事の証拠になるデータを持っているんでしょう。それを引き渡して全部忘れるよう、天野部長が説得しているのかも」

「皆川さんは、天野部長の指示で姿をくらました、というんですか」

飛躍が過ぎるでしょう、と円堂は首を傾げてみせた。

「ちょっと無理があるように思いますが」

「ええ、自分でも思います」

畠野も乱暴な仮説であることは認めた。

「でも、監査があったでしょう。不正請求の件について、あのとき監査の連中は気付いたと思うんです。なのに何の動きもない。監査結果は天野部長にも報告されますから、監査室長と天野部長との間で、何か合意があったんじゃないでしょうか」

「うーん……あり得ないとまでは。そういうことをしそうに思われるんですね？」

そうですよ、と畠野が身を乗り出す。

「皆川は、大丈夫なんでしょうか。まさか本人の意志に反して……」

「監禁されている、とでも言われますか」

円堂は目を剝《む》いて、かぶりを振った。

「皆川さんは度々、佐野さんには連絡を入れています。いくらなんでも、そこまでは」

「ですよね。あまりにドラマじみてますよね」

畠野は、誤魔化すように苦笑いした。

支店に戻るという畠野が出て行き、五分ほど置いて円堂も席を立った。今の畠野の話は、いろいろなことを示唆している。営業畑と管理畑はこの会社でも対立があるわけだが、畠野はこの件に関して、呉越同舟の動きがあると見ているらしい。興味深い、と円堂も思った。

支店の前にさしかかったとき、折よく右手の路地から田中が姿を見せた。社用車を契約駐車場に止めて、支店に戻るところらしい。

「田中さん」

円堂が声をかけると、振り向いた田中は怪訝な顔をした。が、すぐに先日会った男だと思い出したようだ。さっと営業スマイルに切り替えた。

「これはどうも、円堂さん。まだこちらにいらっしゃったんですね」

「ええ。他にも幾つか案件がありまして、今回の出張でできるだけ片付けようと」

円堂も愛想笑いを浮かべ、支店の前のコーヒーショップを指した。

「よろしければ、お茶でも如何です」

「ああ、はい」

田中は躊躇《ちゆうちよ》することなく、誘いに応じた。店に入り、カウンターでコーヒーを注文すると、田中がすぐ前に出て、ここは私がと財布を出した。いえそんな、と遠慮しかけたが、エイコーの営業経費だと気付き、お言葉に甘えることにした。相手の払いで話が聞けるなら、有難いことだ。

コーヒーをテーブルに置くと、まず田中が言った。

「この前の件、ご検討いただけましたか」

「ああ、取り敢えずメールでデータは送りました。後は東京へ帰ってから、となりますが」

「そうですか。失礼いたしました」

田中は急かして申し訳ない、という態度を見せたものの、もう少し食い下がった。

「感触としましては、如何でしょう」

望んだ通りの流れだ。円堂は、ちょっと困ったように見える笑みを浮かべた。

「悪くはないようです。ただ、ですね。先方のニュアンスからすると、もう少し規模の大きい物件といいますか、再開発の中にあるようなものが望ましい様子で……」

「ははあ、もう少し大きな」

田中は悩ましげな顔をした。

「札幌は北日本最大の町ですが、首都圏と比べますとさすがに規模が小さくなりまして、大型開発物件も限られてきます。今、手持ちですとなかなか……」

「畠野さんからちらっと聞いたんですが、今までで最大の開発物件の話がある、ということですよね」

円堂が突っ込むと、田中が眉を上げた。

「あっ、お耳に入っていましたか」

田中は周りを窺い、声をひそめた。

「ちょっとまだ表には出せない話ということで、私も詳しくは知らないんです。おっしゃる通り、かなりの大型開発物件の話がある、とだけ聞いておりますが」

「場所はどの辺です」

田中は、うーんと考え込む様子を見せてから、言った。

「発寒《はっさむ》です。ご存じですか」

「わかります。ＪＲの駅がありますね」

「工場と倉庫の跡地を市の主導で開発するようです。まだ一部操業中だそうで、内密の話です。ちょっと中心街から遠いんですが」

そちらの注文に合わないのでは、と確かめる風に田中が言った。円堂はそれに合わせる。

「そうですね。ちょっと遠いかもしれませんね」

やはりねえ、と田中が残念そうに頷く。

「恐れ入りますが、この話はご内聞に願います」

「ええ、承知しています。では、改めましてクライアントの意向を聞いて、お知らせしますので」

よろしくお願いします、と田中が頭を下げた。田中には悪いが、この商談は後日断りを入れることになる。

田中と別れた後、円堂はスマホを出して杏理にメールした。発寒の開発物件に関する情報を、拾えるだけ拾ってくれ、と。

九

夕方、食事に行こうと一階のロビーに下りると、玄関の脇にいた二人連れの男が近寄って来た。一人は四十代くらい、もう一人は三十前後。地味な色のスーツとネクタイ。一見柔和そうに見えて、実は鋭い眼差し。バッジを示されるまでもなく、刑事とわかった。

「失礼します。リスクコンサルタントの円堂雅流さんでしょうか」

「はい、そうです。道警の方ですか」

手帳を出そうと内ポケットに手を入れる前にそう言われ、相手は一瞬、苦笑のようなものを浮かべた。

「はい、道警の粟島《あわしま》と申します」

手順通り手帳を開いてバッジを見せてから、粟島は名刺を寄越した。若い方の刑事は北本《きたもと》と名乗り、同様に名刺を出した。

「なるほど。一課の方ですか」

　それで円堂は相手の意図をほぼ察した。

「これからお食事ですか」

「ええ、そのつもりです」

「その前に、ちょっとお話を伺ってもよろしいでしょうか」

　ええ、もちろんと答えると、粟島は「あちらで」とロビーの奥を指した。朝食会場として使われているところで、今は誰もいない。事前に支配人に断っているようだ。円堂は承知して二人の刑事とテーブルを囲んだ。

「余市署の堀から、聞いております。三島さんの件について、お調べになっているようですが」

「ええ。調べている、というほどではないんですが」

　円堂は前に堀に話した内容を、全て伝えた。粟島と北本は、口を挟むことなくじっと円堂の話に耳を傾けた。時折り手帳に目を落とすのは、堀に話したことと違いがないか、確認しているのだろう。

「事情はよくわかりました。ありがとうございます」

　聞き終えた粟島が言った。どういう感想を抱いたかは、表情からはわからない。尋ねてきたのは、北本だった。

「リスクコンサルタントというお仕事は、会社などから依頼を受けてやるんですよね。この件に関しては、特に依頼を受けられたわけではないのですか」

「三島さんの件に関して、依頼を受けたことはありません」

これは嘘ではないので、きっぱり言った。

「しかし、もう一週間以上もこちらに滞在して、この件に関わっておられますよね。失礼ですが、依頼がないなら収入に結び付かない話かと思いますが」

北本がさらに言った。何のためにただ働きしているのか、と問うているのだ。円堂は、

「いやあ、確かに」と頭を掻いた。

「まあ、行きがかりと言いますか。秘湯で若い女性が姿をくらます、というのは興味をそそる事件ですし。二時間サスペンスの出だしみたいでしょう」

円堂が言うと、粟島は「そうですね」とお義理のように笑った。

「個人的興味ということですか」

「はい。その点、個人商店ですからね。仕事の方は自分で段取りを決められるので、こんな気まぐれも時には。頭の訓練、と言ってはなんですが、こういう経験は、仕事に役立ちますしね」

さらに、軽薄を装って付け加えた。

「若い美人に頼られると、ついつい熱心になってしまいますんで」

ごもっとも、と粟島は笑ったが、北本は笑わなかった。

「宮仕えでこき使われる身としては、羨ましいですね」

粟島が、半ば本音のように言った。

「事務所のスタッフには、いつも怒られていますよ」

杏理の顔を思い出して言った。これも、本当の話だ。

「では、確認のため今までに見聞きされたことを、もう一度最初からお教えいただけませんでしょうか」

「ええ、もちろんです」

円堂は、畠野や和美から聞いたことを、順を追って話した。どのみち、畠野にも田中にも和美にも、また事情聴取するはずだ。ただし、和田次長と二見課長が何かやっていた件は話さなかった。まだそのことには、警察に手を突っ込んでほしくない。

「わかりました。いや、どうもありがとうございました」

話し終えると、粟島が言った。一応、満足したようだ。

「参考になりましたか」

「ええ、大変に」

田中の行動についてどう思ったかは、粟島たちの表情からは読めなかった。

「私の方からもお尋ねしていいですか」

北本の目に、警戒の色が浮かんだ。が、粟島の方はベテランらしく、平然と受け止めた。

「はい。何でしょう」

「三島さんが殺害されたと断定した根拠は、何ですか」

粟島の眉が動いた。二人の刑事は、聴取の間、殺人事件であるとは一言も言っていない。だが、自殺の裏取りを行っていた所轄ではなく、道警捜査一課が前面に出たということは、帳場が立ったのだ。それは、道警が殺人事件と認定したことを意味する。

北本が、どうしますというように粟島を見た。粟島は北本に小さく頷いてから、円堂の顔を正面から覗き込むようにして、言った。

「頭部の傷から、金属の成分が出ました」

そういうことか。これは円堂もある程度想定していた。

「時間がかかりましたね」

粟島も残念そうな表情を浮かべた。

「自殺で処理されかけていましたからね。正直、科捜研での優先順位も低かった」

「所轄の方に異論があって、結局それが証明された、と」

堀の粘り勝ち、ということらしい。粟島は「そうです」と認めた。

「凶器は何でしょう」

「おそらく、バールのようなものでしょう。尖《とが》った方でなく、曲がった部分で殴ったと思われます」

「傷の生活反応は最初の段階で調べていたんですよね。三島さんはバールで殴られて昏《こん》倒《とう》し、意識のないまま崖から落とされ、海岸の石で頭を打って死に至ったわけですか」

「我々は、そう見ています」

普通、車にバールなど積んでいない。凶器として用意していき、どこかで処分したのだろう。

「最初に殴った犯行現場は？　あの海岸ですか」

「それは捜査中です」

粟島は短く言った。どうやらこれ以上、話すつもりはないようだ。円堂も、道警一課を相手にこれ以上追及する気はなかった。

粟島と北本を玄関で見送り、円堂は予定通り食事に行こうと大通りの方へ歩いた。途中、何度か後ろを窺った。尾行されている気配はない。まあ、そこまでの心配は要るまい、と円堂も思ってはいた。

海鮮居酒屋のカウンターに座り、サッポロの生と造りの盛り合わせを注文した。ソーシャルディスタンスでカウンターの席の間隔が広がったおかげで、落ち着いて考え事ができる。普段は鬱陶《うっとう》しいアクリル板のパーティションも、今夜は有難かった。

さて、と円堂は生ビールを一口呷《あお》ってから頭を働かせた。先週動きがなく、今日一課の刑事が来たということは、先週末に科捜研の報告が来て、週末に帳場が立ったのだろう。まず一つの班は三島の勤務先、浅木工務店を調べているはずだ。三島の社用車も徹底的に再検査されたに違いない。犯行現場について粟島は一切言わなかったが、島武意海岸のような場所に真夜中に三島を連れ出すには、余程の理由がないと警戒されてしまう。昏倒させてから自殺を偽装するためあそこまで運んだ、と見るべきだ。ならば、社用車の中で血液反応が見つかっているだろう。

社用車にドライブレコーダーはなかったのか。今は社用車ならついているのが普通だが、浅木工務店の資金繰りはかなり苦しかったという。おそらく、経費節減のためつけていなかったのだろう。ドラレコがあれば、とうの昔に犯行現場も犯人も特定できているはずだ。メモリーカードを抜く手もあるが、そんなことをすれば警察の疑惑を招くだけだ。捜査員は現在、犯行現場がどこなのか、車の走行記録や道路のNシステム、街角の防犯カメラを総当たりして突き止めようとしているだろう。

三島の取引先関係については、粟島たちの班が当たっているわけだ。だが昼間の田中の様子からすると、まだ聴取はされていなかったと思われる。前に余市署員が聴取に来たときは、あくまで参考程度の範囲だったろうが、今回は殺人事件として、一課が取り組んでいるのだ。重要容疑者の一人であるはずの田中なら、かなり突っ込んだ聴取を受けるはずだ。その後で、あれほど平然としていられることはあるまい。部外者で、犯行に直接関わっている可能性がほとんどない円堂の聴取を先にし、エイコーの社員たちの証言がそれと矛盾しないか確認していくつもりかもしれない。

次に円堂は、バスの映像のことを考えた。殺人事件となって、捜査本部はあの黒いウィンドブレーカーの男を、ほぼ犯人と見ているに違いあるまい。乗客や乗務員への聴取も、再度詳細に行われているだろう。だが二週間経って、記憶も薄れている。新たな何かが見つかる可能性は、高くない。日々何人もの乗客が乗り降りするバスの車内では、指紋などを採るのも簡単ではない。そもそも、犯人は可能な限り指紋を残さないよう気を付けているだろう。手袋をしたかも……。

いや、それはないか。夏場に手袋を嵌《は》めてバスに乗るのは怪し過ぎる。現に堀に見せてもらった映像でも、あの男は手袋などしていなかった。捜査本部は、田中を始め全員の指紋やDNAを採取するだろうが、果たして照合できるものが……。

そこで円堂は、飲みかけたジョッキを置いた。スマホを出して、店の外へ出ながら堀に電話をかけた。

「はい、堀ですが」

発信元を見て、ちょっと驚いたかもしれない。訝しむような声が聞こえた。

「円堂です。今、まだ捜査本部におられますか」

一瞬の間があった。

「ええ。今日は本部の者が、事情を聞きに伺ったようですな」

「はい。殺人事件と決まったそうで。堀さんも忙しくなりますね」

「ええ、まあ、ちょっとばたばたしてますがね」

堀は先を促すように、何かありましたかと聞いた。

「ええ、ちょっと思い付いたんですが。例のバスについてです。料金箱の中身は、調べましたか」

「ああ、それは」

堀は、安堵したような落胆したような声を出した。

「こちらも考えました。集めた料金は、その日のうちに営業所ごとにまとめて計算し、金庫に入れるそうでしてね。大量の札や硬貨がごちゃ混ぜになってるんで、特定するのは難しいんです。なので指紋とかは……」

「いえ、そっちじゃありません」

円堂は手短に説明した。堀の声の調子が変わった。

「すぐ確認します」

堀との電話を終え、席に戻った円堂は、ジョッキを干してから頭の中でやるべきことを整理した。警察が本格的に殺人捜査に動き出した以上、のんびり構えているわけにはいかない。厄介なことになる前に、先に片付けてしまわねば。

時計を見ると、七時過ぎだった。まだそれほど遅くはない。円堂は東京のクライアントに電話を一本かけて現況説明をしてから、和美の番号をタップした。

「はい」

和美の声には、迷惑云々より不安そうな響きがあった。

「円堂です。藪《やぶ》から棒で済みませんが、佐野さんのところに道警本部の捜査員が事情を聞きに来ましたか」

えっ、と驚く気配があった。

「どういうことでしょう」

「浅木工務店の三島さんの件ですが、自殺ではなく殺人と断定されたそうです」

「殺人事件なんですか」

和美はショックを受けたようだ。一、二秒絶句した。

「佐野さんは、もう自宅におられますか」

「はい、もう帰りました」

「明日ですが、和田次長は支店におられますよね」

「ええ、そのはずですが」

「佐野さんも、お出かけの予定はありませんね」

「はい」

「では、明日午前、和田次長のところに伺います」

「えっ、円堂さんがですか」

意表を衝《つ》かれたらしく、和美の声が大きくなった。

「ご心配なく。快く会ってくれると思いますよ」

「はあ……」

和美は疑わしげに呟いた。


翌朝、円堂はエイコー不動産開発札幌支店の入口に立った。札幌へ来て一週間を超えたのに、こうして支店を直接訪問するのは初めてだ。ガラスドアを押して入ったところが玄関スペースで、正面のスチールパネルの壁にあるドアにはカードリーダーが付いている。職員用カードのない人間は、事務室に立ち入れないのだ。最近のオフィスはセキュリティに気を遣うので、だいたいどこもこういうスタイルだ。

円堂は壁の前にある電話を取り、案内表示に従って総務の内線番号を押した。電話に出た女性社員に来意を告げると、そのまま待つように言われた。左手に目をやると、別のガラスドアがあり、短い廊下がその向こうに見えた。カードリーダーやタッチパネルは付いていないので、そちらが来客用応接スペースなのだろう。

一分足らずで、ドアが開いた。

「円堂さんですか」

はい、と答えると、相手は「和田でございます」と名乗った。何となく、五十代後半の痩せた堅物風の人物を想像していたのだが、目の前の和田は四十代半ばで恰幅《かっぷく》が良く、デザイナーズブランドの眼鏡をかけたエリート然とした男だった。

「どうぞこちらへ」

和田は円堂の左手のガラスドアを押し開け、一番奥のパーティション区画に案内した。やはりここが来客スペースだ。円堂にとっても、事務室に入って畠野や田中と顔を合わせずに済むので、この方が都合が良かった。

名刺を交換し、当たり障りのない挨拶をすると、円堂は早速本題に入った。

「この週末に、支店内のパソコンをお調べになったんですか」

「はい。よくご存じで」

和田はそう言ったが、特に驚いてはいない。円堂の用件にそのことが含まれるだろうとは、承知していたのだ。

「支店で契約している業者ではなく、本社が東京で使っている業者の札幌営業所から、エンジニアを呼んだんですね」

「その通りです。セキュリティ上の配慮です」

「賢明です。その結果、何がわかりましたか」

和田は、眉根を寄せた。

「異常なものは、出て来ませんでした」

「やはり、そうですか」

仕方ないですね、と円堂は頷いた。

「お捜しのものは、皆川さんがＵＳＢにダウンロードして持ち出した、元のデータですか」

「その通りです」

「皆川さんがそれを持ち出して一週間以上経ちます。ちょっと遅いのでは」

「ええ、ちょっと時間がかかり過ぎました」

和田は、後悔するように俯き加減になった。

「目立たないよう、私が捜していたんです。共用フォルダの中にあるらしい、と後から知りまして、自分で見つけようと試したんですが、私のＩＴスキルでは無理でした」

「佐野さんは、共用フォルダで見つけたと皆川さんから初めに聞いていたそうです」

「それをこちらも聞いていれば、もう少し早く動けたんですが」

和田の言い方には、和美を非難するような含みがあった。組織の秩序から言えば和田が正しいが、和美としては誰を信用すべきか、わからなかったのだろう。

「結局お手上げになりまして、土日を狙って業者を呼ぶことにしたんです」

「でも、何も出なかった?」

「ええ。勘付かれて、データを消去されたんでしょう」

「共用フォルダの中に、隠しファイルがあったのは間違いないでしょうね」

「残念です。ファイルが残っていれば、アクセス記録も出せますから、誰の仕業か一目瞭然だったんですが」

理香のUSBには、アクセス記録まではコピーされない。本体のファイルが消されたのは惜しかった。

「皆川のUSBを調べれば、ファイルの内容から犯人を特定できるかもしれませんが」

和田は期待を込めて言った。

「皆川さんの行方は、捜しておられるんですか」

「ええ。と言っても、乳頭温泉から先の手掛かりはなくて、立ち往生です」

「佐野さんには時々連絡を入れているので、無事なのは間違いなさそうですが」

和田は、ああ、やっぱりと唸った。

「連絡してくるなら佐野しかないと思っていました。報告してくれればいいのに」

和田が腹立たしげに眉間に皺を寄せる。

「でも、佐野さんにも居場所を言わないそうなので、同じことですよ」

円堂が宥めた。和田は溜息をついた。

「隠しファイルの中身は、何だと思われますか」

「それは、ですね」

和田は少し躊躇いを見せてから、言った。

「浅木工務店の水増し請求です。浅木の三島専務と、うちの誰かが結託して、水増し分を山分けしていたんです。その証拠を、消されたわけです」

「水増しそのものは、確かなんですか」

「請求の数字を丹念に確認していけば、他と比べて異様に高い価額が出て来ます。現在、その作業を進めていますが、時間がかかりそうです」

浅木工務店にも証拠はあるだろうが、三島が隠しているに違いない。他社のことだから、和田が捜索するわけにはいかない。警察か税務当局なら否応なしに捜索できるが、マスコミに出るのも避けられないので、和田としては迂闊に告発したくないだろう。

「支店内の容疑者は、目星がついていますか」

「ええ、何人か」

「二見課長と田中さんは、その中にいますか」

和田の目が大きくなった。

「います」

「先週金曜の夜、珍しく二見課長が一人で残業していたことは、ご存じでしょうか」

和田は、ぎょっとしたようだ。

「では……土日に業者が入るのに気付いて、前夜のうちにデータを消去したと？」

「それは、何とも言えません」

円堂は、曖昧に言うだけにしておいた。

「三島さんのことですが、自殺と思われましたか」

和田は、戸惑うような目付きをした。

「はあ、経営難を苦にしたものと……コロナ不況ですからね。水増し請求しても資金繰りには足りなかったんだと思いましたが、違うのですか」

「警察は殺人事件と断定して、この週末に捜査本部を設置しました。おっつけこちらへも、殺人捜査としての事情聴取に来るはずです」

「殺人事件ですか！」

和田は目を丸くしている。さすがにこんな経験は初めてだろう。

「警察が本気になると、かなり深いところまで掘り下げてきます。かき回されないうちに、早急に決着を図る必要があります」

「いやしかし……決着と言っても……」

そこで和田は、気付いたように円堂を見直した。

「当てがあるんですね？」

円堂は大丈夫との意を込めて、頷いた。

「今すぐ、動かないといけません。声が漏れにくい部屋はありますか」

和田の肩に力が入った。

「会議室があります。そちらへどうぞ」

十

和田の案内で円堂は事務室エリアに入った。低いパーティション越しに室内をちらりと見て、会議室に入る。やや湾曲した長いテーブルを囲んで、合計十六脚のひじ掛けの付いた椅子が配されていた。円堂は奥側の中央に座り、和田は円堂が指示したメンバーを呼び集めに出て行った。壁の時計は、九時四十五分を指している。十時半までには片付けよう、と円堂は思った。

「失礼します」と言って、まず畠野が入って来た。続いて、四十前後の細身の男。これが二見課長に違いない。その後に和美が、盆に人数分の紙コップを載せて続いた。三人の背を押すようにして和田が入り、円堂の下手に座った。畠野と二見は、円堂に向かい合う形で席についた。和美は麦茶の入った紙コップをテーブルに並べてから、盆を脇に置いて畠野の隣に腰を下ろした。直後、奥側のドアが開いて、仏頂面の五十代と見える人物が入って来た。誂《あつら》えのスーツをきちんと着ている。支店長の中津川《なかつがわ》だ。円堂はすぐ立ち上がり、挨拶が遅れたことを中津川に詫びた。

「それは結構ですが、急にいったい何事ですか」

中津川は当惑半分、苛立ち半分といった様子で円堂と和田を見てから、奥の端の、一同を見渡せる席に腰を落ち着けた。和美があらかじめ紙コップを置いていたところをみると、そこが定位置らしい。円堂は、確かに急なことで申し訳ありませんともう一度詫びてから、口調を改めた。

「ですが、御社のコンプライアンス上の重大問題ですので、緊急にお話しする必要があったのです」

有無を言わせない声音に、皆が落ち着かなげに身じろぎした。和田が円堂に囁《ささや》く。

「田中はまだ出社していません。用事ができて少し遅れる、と連絡があったそうです」

「結構です。それは想定済みです」

怪訝な顔をする和田をそのままに、円堂は前の一同に向き直った。

「時間がないので、始めましょう。まず確認させて下さい」

円堂は二見課長に視線を向けた。

「二見さん、あなたは先週金曜日の夜、退社した後また戻って、一人で残業していたそうですね。何をしていたんですか」

「え、何をって、それはもちろん、溜《た》まっていた仕事を片付けたんですよ」

「具体的には、どんな」

「ここで言う必要があるんですか」

二見は不快そうに円堂を睨んだ。円堂は意に介さない。

「よろしいですか、会社であなたが使用しているパソコンは、いつでも調べることができます。あなたはそれを拒否できない。調べれば、どのファイルにアクセスしていたか、全てわかります。失礼ながらあなたのＩＴスキルでは、アクセス記録を消去したり改竄《かいざん》したりすることはできないでしょう」

二見の顔が歪《ゆが》んだ。円堂は二見に目を据えて、続ける。

「二見さん、もしあなた自身が不正なことをやっていないなら、ここではっきり、金曜日に何をしていたか言って下さい。今ここで隠しても、意味はありません」

二見は大きく溜息をついた。

「実は……捜していたんです」

「捜していた？　何を」

和田が驚きを見せて言った。円堂が目で制し、先を促す。

「捜していたのは、水増し請求の証拠ですか」

二見は「そうです」と頷いた。

「監査が入ってから、水増し請求が見つかったのでは、と噂する者がいました。でも監査からは何も言ってこないので、忙しさに紛れてそのままにしてしまったんです。でも和田次長が、いつもと違うシステムの業者に電話しているのに気が付きました。それで受付の休日入館予定を確認したら、その業者が土日に来るとわかったんです。これは和田次長が、内密にパソコンを調べるつもりではないかと考えまして……」

「和田次長が見つける前に、水増し請求のデータを拾い出して、誰の仕業か突き止めようとしたんですか」

「ええ。請求書の数字を片っ端からチェックして、怪しいものをリストアップし、担当していたのが誰か調べようとしたんです」

「何で勝手にそんな……」

和田が言いかけたが、円堂が遮るように二見に声をかけた。

「ご自身の責任問題になる、と思われたんですね。和田次長が水増しのからくりを全部明らかにする前に、自分で手が打てないか、と」

二見はうなだれた。

「その通りです。ですが、作業が膨大で、朝までかかっても終わりそうにない。途中で諦めました」

「でも、何かは見つけた？」

「はい。これが水増しに違いない、と思えるものが数件。やはり浅木工務店に発注したものでした。でも、数件で終わりではないでしょう」

「発注の担当者は誰ですか」

「それは一定していません。ですが共通項として、うちの田中が受注した案件に関する工事でした」

中津川が目を怒らせた。

「それなら、田中をここに呼んで聞いてみないと」

「いえ、それは後にしましょう。田中さんは、今は手が離せないと思います」

円堂はどういうことだと質問しようとする中津川を無視し、二見に言った。

「二見さんは、田中さんが水増し請求に加担していたと思われますか」

「いえ……正直、これだけではわかりません。しかし、平然とこういうことができる男だとも、思えませんが」

「わかりました。ありがとうございました」

二見がほっとしたように、強張《こわば》っていた表情を緩めた。和田が、もういいんですかと意外そうな顔で円堂を見る。円堂は、大丈夫と小さく頷いた。

「ファイルへのアクセス記録を調べれば、二見さんの言われたことが事実かどうかはすぐわかるでしょう。少なくとも、二見さんが証拠となるようなファイルを消去したのではありません」

「では……やはり、問題のファイルを作成した人物の仕業ですか」

「そういうことです。共用フォルダ内に隠しフォルダや隠しファイルを作成するのは、管理者でないとできないはずですが、管理者は和田次長ですね」

「え……はい。でも、私は」

慌てて否定しようとする和田に、円堂は笑みを向けた。

「あなたの仕業でないことはわかっています。あなたのログインパスワードは、どうなっていますか」

そこで和田が赤面し、俯いた。

「実はその……パスワードを書いたメモを、抽斗《ひきだし》に入れっ放しでして」

「誰でもそれを見て、あなたになりすましてログインすることができたわけですね」

そういうケースは案外多い。円堂は今までに何度も、顧客にそういう点を注意してきていた。

「面目ありません」

中津川が小声で、セキュリティ責任者だというのに不注意過ぎる、と苦言を呈した。

和田は恐縮したように、少し背を丸めた。

「つまり田中さんであれ誰であれ、ある程度ＩＴのスキルがある人なら隠しファイルを作ったり消したりできた、ということです。ファイルそのものを消されたら、アクセス記録も消えてしまう。ファイルを隠してあった共用フォルダには、支店の誰もが毎日、アクセスしている。その線から容疑者を割り出すことはできません」

中津川が、ではどうするんだという目で円堂を見た。畠野と和美は、神妙に聞き入っている。

「ところが、状況が変わってきました。不正請求の一方の当事者と思われる、三島さんの死が、殺人事件と断定されたのです」

殺人事件、との言葉に、和田と和美を除く三人に一気に緊張が走った。

「それは確かなんですか。まさかうちの者が関わっているということは」

中津川が幾分青ざめた顔で聞いた。

「残念ながら、こちらの支店も捜査対象になっているでしょう」

「それは……只事《ただごと》ではないな」

中津川は、うろたえた様子だ。

「ええ。ですので、強制捜査される前に解決しないと」

「どうやって解決するんです。警察でも探偵でもないでしょうに」

　困惑する中津川に、まあまあと手を振って円堂は言った。

「順番に解いていきましょう。まず動機です。この支店の方々に、三島さんを殺害する動機があるかどうか。これは難しい話ではありませんね」

「不正請求に絡んだ話でしょうな」

　和田が苦い顔で言った。

「そうですね。不正が発覚しそうだと思って口を塞《ふさ》ぐ。三島さんの方は資金繰りが悪化していましたから、水増し額を膨らませるよう脅して、逆に消される。どちらもあり得ます」

　生々しい言い方に、和美が顔を背けた。申し訳ないが、オブラートに包むべき話ではない。

「動機はわかりました。次は」

　中津川が促した。円堂は軽く中津川に頷き、次に進んだ。

「では、犯行手口の方にまいりましょう。佐野さん、ちょっと刺激が強いかもしれませんが、ご辛抱下さい」

　和美が、構いませんと背筋を伸ばした。円堂は安心させるように微笑んだ。

「警察から聞いたところでは、犯人はバールで三島さんの後頭部を殴り、昏倒させて崖から落とし、転落死に偽装したようです。おそらく札幌か小樽のどこかへ話し合いを口実に呼び出し、意識を失った三島さんを三島さんの車に積んで運び、島武意へ行ったのでしょう」

円堂は言葉を切って和美を見た。和美は目を逸らさず、しっかり聞いている。大丈夫のようだ。

「しかし、何で島武意だったんでしょうな。札幌から距離があるし、ビルの屋上とか、もっと手近でも転落死を装える場所はあると思うが」

しばらく黙っていた二見が言った。素朴な疑問、という感じだが、円堂は、よく言ってくれた、と思った。

「おっしゃる通りですが、市街地のビルは昨今では防犯カメラを避けるのが難しい。その点、島武意には防犯カメラがない。車を置いてきても、早朝まで隠れて待てばバスが使える。凸凹《でこぼこ》の石の海岸は、平らなアスファルトに落とすよりバールの傷を隠しやすい。実は条件として、きちんと当て嵌まっているんです」

聞いていた和田が、うーむと唸った。

「じゃあ、犯人は土地勘があったわけだ」

「そうすると、犯人は帰りにバスを使ったんですか。あんなところにバスが通っているとは知りませんでした」

二見が首を傾げながら言った。

「ええ。午前七時という都合のいい便があるんです」

「七時ですか。でも、あそこからだと九時に支店に出社するのは無理でしょう」

二見が言ったが、和田が否定した。

「いや、九時に支店に出ず出先に直行する社員は何人もいるし、休暇を取ってた者もいるはずだ。九時に拘《こだわ》る意味はあまりない」

それもそうですね、と二見は納得しかけたが、思い付いたように続けた。

「でも、あんなところじゃ余所者が乗ったら目立つでしょう」

中津川と和田が、同意の呟きを漏らした。だが、まさにその点が重要なのだ。

「はい。実はあの日、島武意から乗った余所者が、バスのカメラに捉えられていました。警察が既に画像を押さえていて、私も畠野さんと一緒に見せてもらいました」

それを聞いて、一同の視線が畠野に集まった。畠野はきまり悪そうに俯いた。

「そんな話は、聞いてないが」

和田が報告がないことを責めるように言った。畠野は「申し訳ありません」と頭を下げた。

「で、どんな奴だったんですか」

二見が聞く。円堂は畠野の方を向いたまま答えた。

「黒っぽいウィンドブレーカーを着てフードを被っていました。もちろんマスクもしていますから、顔はよくわかりません。ただ、背格好は田中さんに似ていました」

「田中に？」

二見の肩に力が入った。

「あいつ、あの日は休暇だったな。電車を撮りに行くとか言って」

「ええ。確かめましたが、十時半頃に北広島駅に着き、そこから歩いて撮影場所に行って、十一時半頃に通る特別な電車を撮影したそうです。付け加えると、七時に島武意を出るバスに乗れば、十時半には間違いなく北広島に着けます」

二見の顔色が変わる。

「まさか撮影に行ったのは、アリバイ工作……」

「いえいえ、そう急がずに」

円堂は笑みを浮かべ、宥めるように二見に言った。

「バスの時間など、ちょっと調べればわかります。工作というほどのものではありません。怪しく見せる効果はありましたがね」

二見は要領を得ない顔をしたが、和田は円堂の言葉の意味に気付いたようだ。

「効果、と言われましたね。まるで誰かが田中を怪しく見せようとしたみたいな」

「はい、おっしゃる通りです」

円堂は和田に頷いて見せた。

「先ほど、バスに乗った怪しい男は田中さんに似ていると言いましたが」

円堂は再び畠野の方に顔を向けた。

「畠野さんも田中さんと同じような背格好なんですよね。最初に田中さんにお会いしたとき、気付きました」

畠野の眉が吊り上がった。

「画像を見てから、あなたは田中さんに似ていることを私に印象付けようとしました。でも、あのときもちょっと言いましたが、公平に見ると、あなたにも似ているわけです」

「ちょ、ちょっと、何を言い出すんですか」

慌てる畠野に、円堂はさらに迫った。

「畠野さん、あなたは積丹に土地勘がありますよね」

「えっ、いえ、前にも言った通り、奥の方へはだいぶ前に行ったきりで……」

「美国のあのウニ丼、美味しかったですよねえ」

中津川が、何を言ってるんだというように眉をひそめた。だが一方、畠野は青くなった。ミスに気付いたのだ。

「あの店、穴場というだけあって、一度通ったくらいじゃ見つからない。余市周辺より奥にはだいぶ前に行ったきり、というあなたが、どうして知ってたんですか」

「それは……グルメガイドで……」

「店に確認しました。取材お断りの店で、どこにも載っていません」

畠野が絶句した。中津川も和田も、二見も和美も、唖然《あぜん》として畠野を見つめている。

「畠野君、君は……」

和田が言いかけると、畠野が怒ったような声を出した。

「やめて下さい！　それだけで私を犯人扱いしようというんですか」

「いいから、落ち着きたまえ」

二見が畠野の肩を押さえた。円堂はそれを見てスマホを出し、発信履歴から堀を呼び出した。

「はい」

堀はすぐに出た。前置き抜きで、円堂は尋ねた。

「回収できましたか」

「昨日の今日で、気が早いですな」

堀が苦笑する気配が伝わった。

「確認しましたが、処分される前に、捜査本部で回収してましたよ」

「そうですか。間に合って良かった」

「ただし、検出となるとそれなりの時間がかかりますが」

「いや、回収できているなら結構です。ありがとうございました」

電話を切った円堂は、畠野に微笑んだ。

「物証を確保したようです」

「物証だって？」

畠野だけでなく、全員が驚いて円堂に注目した。円堂は畠野に、念を押すようにゆっくりと言った。

「問題の人物は、現金で運賃を払うところが画像に映っています。交通ＩＣカードに記録が残るのを避けるためでしょう。でも、現金で乗車するなら、必要なものがありますね」

畠野は、呆然《ぼうぜん》としたように円堂を見返している。声が出ないようだ。代わって和田が聞いた。

「必要なものとは」

「整理券です」

二見が、あっと声を出した。

「確かに、乗車するとき整理券を取るな。しかし、それって回収できるんですか」

「ええ。現金の方は毎日営業所の金庫に納めますが、整理券はある程度枚数が溜まってから、まとめて処分するんです。この頃はＩＣカードが主流で整理券の数も激減していましして、処分するまでの期間が長くなっていたんでしょうね。警察の方で回収しました」

「しかしそれでも、数は結構あるんでしょう。そんな中から、特定できるんですか」

和田が首を捻った。円堂は「そうでもないんです」と答えた。

「このバス会社の整理券には、大きく日付が印字されています。あの日、島武意から乗ったのは一人だけです。該当する運賃区間番号は他路線にもあるので、回収したものを選《よ》り分けるのは結構大変でしょうが、さほど難しくはありません」

誰もが、驚いたような顔をしている。畠野を除いて。

「それでも、他の路線に乗ったと主張できなくはないでしょう」

和田はなおも慎重に言った。

「ならば、どの路線のどの区間に乗ったのか、ここで即答できないといけませんね」

円堂は畠野を睨んだ。答えられるはずがない畠野は、歯を食いしばって目を伏せた。

「ではその、整理券から指紋を採るということですか。そういうものから指紋って、採れるんですか」

二見が聞いた話を咀嚼《そしやく》するように、何度も頷きながら聞いた。円堂は笑みを返す。

「採れます。でも、さらに確実なものがあります。ＤＮＡです」

言った途端、円堂はさっと手を伸ばし、畠野の前の空になった紙コップをひったくって、手元に寄せた。何事かと目を剝く一同に、円堂は笑いかけた。

「はい、畠野さんのＤＮＡ、いただきました」

これは畠野を焦らせるパフォーマンスだった。どうせＤＮＡは定められた手順で警察が採取する。畠野は引っ掛かった。真っ青になり、紙コップを取り戻そうと手を出しかけた。その手を、二見が押さえた。

「畠野、お前……」

中津川が、畠野と同じくらい青ざめた顔で呻《うめ》いた。和美は身を引いて、化け物でも見るような目で畠野を睨んでいる。

「何なんだよ、これ」

畠野が喚《わめ》いた。

「こんなの、殺人の証拠にならないじゃないか」

「ええ、殺人行為そのものの証拠にはなりません」

円堂は認めた。

「ですが状況証拠としては充分過ぎるくらいです。他の証拠固めは、警察がやりますよ」

畠野はまだ何か言おうとした。それを制し、円堂は言った。

「あなたは、田中さんがあの日、ロイヤルエクスプレスの撮影に行くことを聞いていた。三島殺害を思い立ったとき、あなたはそれを利用できないか考えた。自殺に偽装しても、殺人を疑われる可能性は捨てきれない。そこで安全策として、三島さんと関係の深い田中さんが疑われるよう、仕向けたんです。島武意海岸は、うまくそれらの条件に適合した。でも、結果としては裏目に出ましたね」

畠野は唇を噛んだが、何も言い返さなかった。

「整理券なんか、取らなければ良かったのに」

二見がぼそっと言った。

「いえ、整理券がないと運賃支払いのとき、運転手にその旨申告しなくてはいけません。畠野さんは低音の田中さんと声がだいぶ違う。後々まで残るかもしれない運転手の記憶と、いずれ処分される整理券、どちらのリスクを取るかという話です」

二見が「なるほど」と頷くのを見て、円堂は畠野をねめつけた。

「言っておきますが畠野さん、あなた警察を甘く見過ぎてます。捜査一課が本気になったら、この程度の偽装など、ちょっと時間をかければ見破られますよ」

円堂は二見に腕を押さえられたままの畠野に、駄目を押すように言った。

「三島さん殺害を認めますね」

畠野は一度、円堂を睨み返した。が、力が抜けたようにがっくりと頷いた。

「三島さんと組んで、水増し請求を繰り返したのも、あなたですね」

畠野は目を上げ、中津川の方を見た。中津川が、まるで励ますかのように頷いた。畠野は少し間を置いて、「ああ」と呟いた。円堂は「結構」と言ってまたスマホを出し、貰って間もない番号を叩いた。

「はい、粟島です」

昨日会った刑事が応答した。

「円堂です。昨日はどうも。今、田中さんと一緒ですか」

粟島は驚いたはずだが、声には表さなかった。

「ええ。今、ちょっと事情を伺っています」

思った通り、粟島たちは田中に事情聴取していた。余市署の刑事がやったよりは、厳しいものになっているだろうが、任意同行までは至っていないようだ。田中が会社に遅れると連絡した理由は、これだった。

「こちらは、エイコー不動産開発の札幌支店にいます。ご足労願えると有難いんですが」

「構いませんが、どんなご用件でしょう」

「三島さん殺害事件の犯人を、引き渡します」

絶句する気配がして、一拍置いてから粟島の声がした。

「今、何と言われましたか」

栗島たちが到着するまで、十分ほどかかった。その間、和田と二見は畠野を問い詰め、水増しの総額が千五百万ほどに上ること、それを三島と折半していたことを聞き出した。その間、中津川は畠野を睨みつけたまま、唇を引き結んでいた。彼の責任も、問われることになるだろう。

栗島と北本は、半信半疑といった様子であたふたと現れた。手短に事情を説明した円堂は、後を二人の刑事に任せて会議室を出た。畠野以外のメンバーも、一旦会議室を出された。取り敢えず簡単に事情聴取し、捜査本部に連行した上で逮捕という手続きになるだろう。

そこへ田中が現れた。いきなり聴取を打ち切られ、そのまま栗島の後を追う形で出社してきたらしく、顔に当惑のようなものが見える。「おはようございます」と言って事務室に足を踏み入れた田中は、円堂を見つけ、「あれ、来ておられたんですか」といつもの営業用の笑みに切り替えた。が、円堂の後ろに並んだ中津川と和田と二見が険悪な空気を漂わせているのに気付き、笑みを消した。

「あの……何かあったんですか」

円堂が「まあ、じきにわかります」と肩を叩くと、田中は狐《きつね》につままれたような顔になった。円堂は田中をそのままに、和美に囁いた。

「ちょっとこちらへ、いいですか」

和美は、はい、と頷いて円堂の導くまま、会議室の脇の小部屋に入った。そこは小ぶりのテーブルとパイプ椅子が四脚だけの、殺風景な部屋だった。会議の控え場所や、簡単な打ち合わせに使うのだろう。

円堂は和美と向き合って座ると、安心させるように微笑んだ。

「さて、しばらく信用をなくしかけていたようですが、これで改めて信用していただけますね」

田沢湖駅で一旦は円堂を信用すると言った和美だが、札幌に戻ってからの様子では、また円堂を疑い始めているかのようだった。しかし不正請求と三島殺しの犯人を突き止め、警察に引き渡したのだ。これでもう充分だろう。

「はい。失礼な態度を取って、済みませんでした」

和美はしおらしく頭を下げた。

「札幌に帰った後、理香からＬＩＮＥで、総務の人や部外者には注意して、と言われたもので」

円堂は、いいんですと手を振る。

「皆川さんは、誰かから釘を刺されたんでしょうね。それでは、すぐに皆川さんに連絡を取って下さい。これから私が会いに行きます」

「わかりました」

和美は自分のスマホを出して画面を操作し、耳に当てた。

三十秒ほど過ぎた。和美が困ったような顔で言った。

「電源を切っているみたいです」

円堂は眉間に皺を寄せた。

「電波の届かないところにいる、ということは」

「かもしれませんけど……こっちからは電話しない、ということにしてましたから。でも、たまにＬＩＮＥは来てるし、町の中にいるはずなので、電波が届かないことはないと思いますけど」

「じゃあ、ＧＰＳの位置情報を追跡されるのを警戒しているんでしょう」

姿を隠す以上は、そのことも考慮して必要な時以外電源を切っておくのはわかる。だが和美は、釈然としないようだ。

「皆川さんの居場所はご存じないと言われましたが、本当ですか」

「はい。どこに泊まっているかは、聞いていません」

「でも、東京なのは間違いないですね」

合理的に考えれば、東京しかないだろうとは思っていた。和美も頷く。

「あの、そんなにお急ぎなんですか」

和美が尋ねた。犯人は捕まったのだから、慌てなくても、と言いたいようだ。円堂はかぶりを振った。

「至急、皆川さんのUSBを確保して、データを押さえる必要があるんです」

「え、でもそれは……」

困惑する和美に、円堂はきっぱり言い切った。

「三島さんの事件は片付きましたが、それが全部ではない、と私は思っています」

十一

もう十日目か。皆川理香は、窓から外を見て溜息をついた。そろそろ昼になる。昼食を買いに行こうかと思ったが、あまり食欲は湧《わ》かなかった。何しろ、このホテルに入ってから、昼はコンビニ弁当、夜は駅前の食堂かカフェ、という繰り返しなのだ。飲食店が何軒もある地区ではないので、メニューに飽きてしまった。せっかく東京にいるのに、美味しいものも食べに行けないなんてあまりに酷だ。

ここへ案内されたとき、問題が全部片付くまではここにいて、できるだけ遠くへは出ないでくれ、と言い渡されていた。自分で支払いをする必要はないとはいえ、これではコロナウイルスの無症状感染者のホテル療養と大して変わらない。最初は、会社公認で仕事もせずにのんびりできる、とにんまりしたものの、三日も経てば退屈でストレスが溜まり始めた。やはり人間、暇すぎるのは精神衛生上良くないのだ。管理職まで勤めて定年退職したOBたちが、定年後に鬱《うつ》になるという話は聞いているが、今やっとその理由がわかった気がした。

友人の中で唯一、ある程度事情を知っている和美には、何度か電話とLINEでぼやいた。滞在場所は誰にも言わないように念を押されているので、そこに気を遣わなくてはならないのが鬱陶しかったが、息抜きにはなった。

実は和美に電話しているのも、掟《おきて》破りだった。実家などには電話して構わないと言われたが、会社関係者は避けるよう注意されていたのだ。その後で、どうしても必要な電話をする以外はスマホの電源を切っておくようにとも指図された。しまいには腹が立って来たが、仕方がない。和美にLINEしているのは、ささやかな反抗だった。でもほとんどの時間は電源を切っているのだから、返信はどうしても遅くなる。そのうえネットサーフィンもできないのは、かなりきつかった。

まったく、いつまでこんなことを続けるのか。最初は、一週間か、長くても十日、と言われたのに、もうその期間が過ぎようとしている。明日連絡がなかったら、抗議してやろう。

この後は何をして過ごそうか。うんざりしながら考えた。駅の向こうの公園は、何度も散歩した。一つ隣の駅の大きな公園にも、行ってみた。ホテルの近所には、他に大して見るべき場所はない。すぐ近くが海だが、倉庫と岸壁だけで味気ないことこの上ない。

明日以降、まだ缶詰にされるなら、電車でどこかに行ってやろう、と思った。どうせ地理がよくわからないから、行けるところも限られているのだ。できるだけ出かけるな、とは言われたが、決して外出してはならない、とまでは言われていない。もう、限界だった。

「あー、やだやだ」

悪態をついて、ベッドに転がった。自分は正しい方向に動いたのだろうか。日毎《ひごと》に自信がなくなってきた。


「皆川さんから送られてきたＬＩＮＥを、見せていただけませんか」

心配が募り始めたらしい和美は、躊躇わずにスマホを操作し、理香とのＬＩＮＥのやり取りを画面に出した。円堂は礼を言ってそれを確かめた。

「ここからです」

和美が指す部分から先を読んだ。理香から「着いたよ」とひと言。それに和美が、「今東京？　どのへん？」と返している。理香の返答には、「迎えの人が来て、連れてってくれた。場所は言うなって」とある。和美は「遠いの？」と尋ねていた。

「返信の時刻を見ると、こちらが発信してからだいぶ間がありますね」

「ええ。普段は電源を切って、必要という時だけ電源を入れているのかも」

「迎えの人、というのは、誰だと思いますか」

和美は「わかりません」とかぶりを振った。まあ、それはいい。円堂には、ほぼ見当がついている。それ以上言わず、理香の返信を読んだ。

「電車ですぐ。新幹線からの乗換えの方が遠いくらい。周り、何もない」

場所に関する情報は、それだけだった。その後、日を変えて二、三回やり取りがあったが、「ひまだよー」とか、「いつまで続くかな。もう飽きた」とかのぼやきに、しかめっ面の絵文字が付いているくらいだった。その次には、「景色つまんない。どっか行きたい」とあった。次第にストレスが増しているのが、伝わってくる。

「あの、どうでしょうか」

スマホを見る顔が厳しくなっていたらしい。和美が気遣うように聞いてきた。

「そのＬＩＮＥだけじゃ、どこにいるのかわかりませんよね。どうしましょう」

「いや……そうでもないかもしれません」

和美が、「え」と意外そうな表情を見せたとき、円堂のスマホに着信音がした。すぐに杏理からのメールだと確認し、タブレットを出した。そちらの方でメールを開き、添付ファイルを表示する。ネットの記事などをまとめたものだった。円堂が注文した、発寒の開発計画についての情報だ。計画そのものが発表にはなっていなくても、断片情報を検索して拾い集めれば、わかることは多い。

和美が何か問いたげに見つめているのも気にせず、円堂は大急ぎでファイルに目を通した。概要を摑むのは、五分で充分だった。やはり杏理は腕がいい。

「何だったんですか」

しばらく待たされて疑心暗鬼になったらしい和美が、声を強めて聞いた。円堂は、心配ない、とばかりに笑って見せた。

「今見た資料で、だいたいこちらの予想が正しいようだとわかりました。解決は近そうです」

そう言われても、和美はどういう話なのか見えないようだ。目を瞬いている。円堂は少し表情を引き締め、和美に注意を残した。

「皆川さんから連絡があったら、営業部には気を付けるよう言って下さい。二見課長の行動でもわかる通り、あそこには隠蔽体質があります」

「え……はい、伝えます」

「私はこれから、皆川さんのところに行きます。急ぎますので、これで失礼します。支店長と和田次長には、よろしくお伝え下さい」

言うが早いか、円堂は椅子から立った。和美は一瞬、ぽかんとした。

「理香のところって……もうわかったんですか」

「いや、まだですが、すぐわかるでしょう」

和美は、新型の掃除機がどれほど高性能かを説明されたような表情を浮かべた。

「マジですか」

円堂は、大丈夫と手を振って部屋を出ようとした。

「円堂さん」

その背に、和美が呼びかけた。

「乳頭温泉で出会ったのは、本当に偶然だったんですか」

円堂は踏み出しかけた足を止め、振り返ってにこやかに言った。

「いいえ。偶然じゃありません」

それからさっと身を翻し、和美が何か言う前に廊下に出た。


一階に下り、玄関から歩道に出た円堂は、札幌駅に向かって小走りに進みながらスマホを摑み、杏理に電話した。すぐに応答した杏理に資料の礼を言い、新たな指示を出す。

「ホテルを検索してほしい。大至急だ」

円堂は検索範囲を言い、その上でやってほしいことを伝えた。

「対象のホテルは、何軒もないはずだ。一軒ずつ電話して、エイコー不動産開発ですが、十日ほど使っている部屋を、さらに一週間くらい延泊できますかと聞いてくれ。反応があったホテルに行く」

皆川理香が泊まっているかとストレートに聞いても、個人情報保護がうるさいので教えてもらえない。ちょっとした変化球が必要だった。

「わかりました」

「今から新千歳空港に行って、一番早い便で羽田に飛ぶ。飛行機に乗るまでに片付けてくれ」

「了解です。札幌のホテルはチェックアウトしましたか」

「ああ。今朝、こうなるかもと思ってやっておいた。請求はそっちに行く」

「はい」

杏理の返事が、心なしか冷たくなった。一週間分のホテル代は、そう安くはない。

「頼んだよ」

円堂は電話を終えると、さらに足を速めた。急げば五分後の快速エアポートに乗れる。

快速に乗り込むとすぐ、スマホを使って一番早く乗れる羽田行きの便を確保した。夏休み期間はまだ終わっていないが、平日であるのに加え、コロナ禍による需要減で席にはだいぶ余裕があるのが有難い。

新札幌を出たところでメールが来た。思ったより早かった。中身はたった一行、「新東京ベイタウンホテル」と記されていた。円堂は「よし」と左手でガッツポーズを出した。すぐに「了解」と返信する。続けて、クライアントにメールを打った。向こうにも、急いで動いてもらわねばならない。畠野が連行され次第、中津川支店長が動き出すはずだった。それに先んじることができればいいが。

新千歳空港駅に到着すると、ホームに出た円堂は、歩きながら杏理に電話を入れた。もう少し詳細を聞いておきたい。向こうも待っていたらしく、杏理は間髪容れずに応答した。

「ご苦労さん。どんな感じだった」

「二軒目でヒットしました。先生に言われた通り伝えたところ、明後日までご予約いただいていますが、それからさらに一週間ということでよろしいでしょうか、と確認されたので、それで結構ですと答えました」

どうやらうまくいったらしい。社名を使ったおかげで、ホテルのスタッフは疑わなかったようだ。

「ご請求の方は、承っておりました通りでよろしいでしょうかとも確認されました」

延泊分も同じ請求の仕方でいいのか、という確認だろう。

「それにはどう答えた」

「今までの分はどうなっておりましたかと聞きました。相手は、営業部の中山《なかやま》様宛ご請求ということで一週間分を送らせていただきましたが、とのことでしたので、同様でお願いします、と伝えました」

「ようし、完璧だ」

円堂は杏理の機転に拍手したくなった。中山とは、確かエイコー不動産開発本社の営業第一課長だ。これで円堂の考えはほぼ裏付けが取れたことになる。

手荷物検査場を通過し、搭乗口に着いたところでまたメールが来た。クライアントからだ。さっき送ったメールの返信だった。有難いことに、すぐに円堂のメールを読んで対応してくれたらしい。内容を読んで、ここまでは順調だな、と円堂は満足した。次は自分がうまく動かなければ。

メールを閉じ、番号を検索して電話をかけた。ここからが最も肝心だ。

「エイコー不動産開発、営業部でございます」

いかにも営業マンらしい愛想のいい声が応答した。

「山口と申します。いつもお世話になっております。中山課長さんはいらっしゃいますか」

円堂は適当な偽名を言った。

「申し訳ございません、中山は外出しております」

しめた、と円堂は拳《こぶし》を握った。営業部門の人間は、課長も課員も商談で外出していることが多い。もし在席していたら電話に出る前に切るつもりだったが、幸い思惑通りだった。

「そうですか。では、こちらの方で連絡させていただきます。あの、失礼ですが」

「私、営業一課の佐藤《さとう》と申します」

「佐藤さんですね。ありがとうございました」

一旦電話を切り、即座に別の番号を叩く。

「お電話ありがとうございます。新東京ベイタウンホテルでございます」

明瞭で滑らかな男性の声が聞こえた。円堂はできるだけ愛想よく聞こえる声で言った。

「エイコー不動産開発の中山の下におります、佐藤と申します」

「はい、いつもお世話になっております」

「部屋の方に繋いでいただけますか」

チェックインのとき、理香が偽名を使っているとは思えないが、念のため名前は出さなかった。このご時世、十日も連泊している有難い顧客なのだから、それで通じるだろう。それに、理香にスマホの電源は切っておけと指示しているなら、普段の連絡はこういう形でフロントを通して行っているはずだ。

「かしこまりました」

案の定だ。今は昼間だが、状況から考えて、理香もディズニーランドや表参道で遊び回っていることはあるまい。

「はい、皆川です」

十秒ほどで理香が出た。円堂は「やった」と快哉《かいさい》を叫びたくなったが、事務的な口調を心がけて言った。

「中山の部下の佐藤と申します。あと二時間半ほどしましたら、円堂という者がそちらに行きます。到着したら、彼の話をよく聞いて、指示に従って下さい。私もすぐ会社を出て、合流いたします」

「え……はい、わかりました。エンドウさんですね」

「はい。よろしくお願いします」

理香は素直に聞いてくれたようだ。円堂はほっとして、電話を切った。直後、円堂の便の搭乗案内が流れた。この音声が通話中のスマホに入らないでよかった、と円堂は胸を撫《な》で下ろした。どうやら、事はうまく運んでいる。

何だろう、これは。部屋で受話器を置いた理香は、首を傾げた。中山課長からは、二日に一度くらい連絡があったが、佐藤という人は初めてだ。理香も本社員の名前をたくさん覚えているわけではなく、中山課長の部下の名前もほとんど知らない。だが今日に限って、中山課長ではなく部下が電話してくるのはどういうわけだろう。しかも、様子を尋ねる以外の用件は今までになかった。エンドウというのは何者だろう。

理香は、頭を振った。疑心暗鬼になるのは、こんなところに缶詰にされているストレスのせいだ。だが、確かめてみることはできる。理香は再び受話器を持ち上げると、外線の「0」に続けてエイコー不動産開発本社営業部の番号を叩いた。言いつけを無視してスマホを使いたかったが、ここは辛抱しておく。二回のコールで男性社員が出た。

「皆川です。中山課長か、佐藤さんをお願いします」

「中山は外出しております。私が佐藤ですが、どちらの皆川様でしょうか」

ぎくっとした。佐藤は理香の名前を知らないのだ。しかも、すぐ会社を出ると言ったのに在席している。では懸念した通り、さっきの電話はこの佐藤ではない。

「先ほどこちらに電話されましたか。他に佐藤さんという方はいますか」

念のため聞いてみた。相手は不審そうに、否定した。

「そうですか、何かの間違いのようです。私、札幌支店の皆川です。済みませんが、この電話、計画部の溝渕《みぞぶち》さんのところに回していただけますか」

札幌支店、と聞いて警戒を解いたらしい佐藤某は、すぐ電話を回してくれた。数秒後、別の男の声がした。

「はい、溝渕です。皆川さん？」

「うん。今忙しい？」

「ま、普通だけど。どうかした？」

溝渕は、理香の同期生だ。最初に札幌支店の共用フォルダに偶然おかしな隠しファイルを見つけ、それが不正の証拠らしいと気付いたとき、相談したのが彼だった。和美にも話したが、彼女はどうすればいいかわからなかったし、支店の誰が不正に関わっているか不明なので、迂闊に話ができなかった。札幌の仕事に縁がなさそうで、顔も広い溝渕なら、どうすべきかわかるのでは、と思ったのだ。総務部か監査室に言った方がいいのか、と聞いてみたのだが、溝渕は、ちょっと考えると言って一度電話を切った。千五百人も社員がいると、いろいろな思惑が渦巻いてるんだ、と溝渕は言い、慌てずよく考えて動くべきだと諭した。

時間を置いてスマホに連絡してきた溝渕は、本社の営業本部が事に当たる、と告げた。不正は札幌の営業関係部門で行われていると考えられるので、営業本部全体の問題だ、とのことだ。

「じゃあ、総務とか監査には言わないでいいの？」

溝渕の答えを聞いて、理香は再度確かめてみた。本来、コンプライアンス違反の事案は、総務部が対処するはずである。だが溝渕は言った。

「総務の天野部長は、野心家だって話だからな。これをネタに営業本部に手を突っ込んでくるかもしれない」

「手を突っ込むって？」

「人員削減、経費削減、本部長の追い落とし。不正防止のためと言って、自分の腹心をお目付け役に送り込んでくるかも。じわじわと営業部門を牛耳っていく」

「それは考え過ぎでしょう」

「だろうけど、そう思わせるような雰囲気が天野部長にはあるからなあ」

天野は五十歳を前にして、執行役員の椅子に手が届く位置にいた。二度の合併を経て大きくなったエイコー不動産開発は人間関係が複雑で、不正が起きやすい環境にあった。それを是正するためメインバンクから送り込まれた人材の一人が、天野だった。頭が切れて冷徹な天野はすぐに実績を上げ、銀行よりは水が合ったのか、数年後に転籍し、ガラスの天井をものともせず、初の女性役員に上り詰めようとしている。

天野の手腕は誰もが認めるところだが、決して手の内を見せないことで、ミステリアスな雰囲気を醸していた。ある者にはそれが魅力的に見え、ある者には不気味に見える、という存在だ。コンプライアンス違反には容赦なく、昭和の浪花節《なにわぶし》的なやり方を好む営業部門とは、常に緊張関係にあった。理香が見つけた不正も、天野に尻尾を摑まれる前に、営業本部内でまず処置したい、ということなのだろう。

「君の見つけたのが水増し請求なら、営業部門としても大きな問題だ。二度と起きないよう、きちんと処理するって」

「ならいいけど」

営業部門の自浄努力に任せるのがいいことなのか、理香に不安は残ったが、不祥事を利用して支配力を強めようと天野部長が企んでいるなら、それは良くないと思えた。

「営業一課の中山課長が君に連絡するって。スマホの番号、教えていいかな」

構わない、と返事し、その場は終わった。中山からは、翌日電話があった。

「その証拠を持って、内密に東京《こちら》へ来られますか」

本社営業本部の目の届くところにいてほしい、ということだ。中山は、内密に、というのを特に強調した。理香はちょっと考えてから、「できます」と返事した。中山は安堵し、東京に着く時間を知らせて下さい、と言って電話を切った。

今から思えば中山は、体調不良か家の都合を理由にまとまった休暇を取り、そのまま東京へ飛行機で飛ぶ、というような単純なことを想定していたようだ。だが、理香にも考えがあった。体調不良を理由にすると、誰か理香の住まいに様子を見に来て、留守だとばれる恐れがある。家の都合と言うと、実家に確認の連絡が入るかもしれない。いっそ、完全に行方不明になるのはどうだろう。その週末、理香は和美と乳頭温泉に出かけることになっていた。それを利用すれば、うまく姿を消せるのではないか。

そこへ、重要取引先である浅木工務店の三島専務が、不審死を遂げたというニュースが入った。これは、理香の背筋を寒くした。自殺であれ何であれ、もし三島の死が自分の見つけた不正に関係しているなら、本気で身を隠さないと危険かもしれない。理香は、早速頭を絞って計画を立てた。乳頭温泉には、二年前に一度行ったことがある。その経験が生きた。理香は作り出した計画を和美に話し、協力を求めた。和美は仰天したが、和美の協力なしには成立しない。何とか説得し、和美には理香がいなくなったとフロントに申告し、なおかつ警察を呼ばれるような大事件にならないよう制御するという役目を担ってもらうことにした。

計画自体はうまくいった。警察が捜索に乗り出すこともなく、大事件にはならずに済んだ。念のため実家に一度、様子を尋ねるため電話してみたが、誰も実家に理香の行方を問い合わせたりはしていなかった。和美がうまくやってくれたようだ。鷺の湯にも、あまり心配されないように後で詫びの連絡を入れておいた。

しかし、と理香は思う。実は東京に着いてから、鷺の湯を使った消失事件はやり過ぎだったのでは、と気になっていたのだ。却って支店内で理香の行方不明が大騒ぎになってしまう恐れがあった。一度火が点《つ》くと、和美一人では抑えきれまい。ところが案に相違して、理香が心配したような騒ぎにはならなかった。支店の方で必死に理香の行方を追っている、という気配もない。何だかいてもいなくてもいいような存在になった気がして、不快かつ不安だった。

その上、思ったよりずっと長く留め置かれることになった。何がどうなっているという説明もない。そこへ持ってきて、さっきの佐藤とかいう男からの電話だ。どうもおかしい。何かが、根本的におかしい。

「で、何かあったの」

溝渕が電話の向こうから催促した。

「あ、うん。ちょっと聞きたいんだけど、この前相談した件、営業部門以外の誰かに話した？」

「え？」

唐突過ぎたのか、溝渕は反応が鈍かった。

「いや、それはしてない。全部営業に任せたから」

「そうなんだ。ありがとう」

「それだけなの？」

「うん。邪魔してごめんね」

理香は、溝渕がさらに何か聞こうとする前に、電話を切った。

円堂は到着ロビーに出ると、真っ直ぐタクシー乗り場に向かった。理香に電話してから、一時間五十分が経過している。飛行機は幸い、ほぼ定刻で飛んでくれた。ここから目的地までは、首都高速湾岸線で一直線だ。理香には二時間半と伝えたが、この時間なら事故渋滞さえなければ、それより早く到着できそうだ。

理香はホテルの部屋で、神経をすり減らしながらただ座っていた。昼食は食べる気がしないまま、もう二時を回っている。テレビはついているものの、画面に映っているものはほとんど意識に入って来なかった。

あと一時間もすればエンドウという人物が来るはずだ。しかし、そのことを連絡してきた相手は、実在する中山の部下を騙《かた》った。きっと、本社営業部の内情に通じているのだ。溝渕は営業部門以外にあの話はしていないと言うから、総務部門が裏で探り出したのかも。しかし同じ会社の中で、どうしてこんなスパイもどきの動きをしなくてはいけないのか。エンドウとは、何者だ。その人物が現れたら、どう対処すればいいのか。

理香はベッドに置いたスマホを見つめた。電源は中山に言われた通り、切ったままだ。和美にＬＩＮＥで、どうなっているのかと聞きたかった。状況がややこしくなってきたのは、札幌支店で何かあったからだろうか。別筋から、不正請求の件が発覚したのだろうか。でもそれなら、理香は確認のために本社に呼び出されるのではないか。なぜ待機が続くのか……。

　すっかり混乱した理香は、電話機に目をやった。スマホは使えないとしても、この前鷺の湯に電話したときのように、この電話から外線にかけて和美のスマホを呼び出すことはできる。ＬＩＮＥより、直接話した方がいいだろう。

　ようやく肚《はら》を決めて電話機に手を伸ばしかけたとき、電話機の方が先に鳴った。理香はびくっとして、手を引っ込めた。が、すぐに気を取り直し、受話器を取った。

「はい」

「会社からお電話がかかっております。お繋ぎしますか」

　いつものスタッフの声だった。すぐに「繋いで下さい」と応じる。二、三秒の間を置いて、相手が言った。

「中山です」

「はい、皆川です」

　何度も電話を受けている相手なのに、理香は一瞬、どう応対していいのかわからなかった。だが、逡巡が伝わったように中山の方から言った。

「どこかから連絡がありましたか。会社の他の部署を名乗った電話とか」

「はい。課長の部下の佐藤さんだと言って、かかってきました。一時間ちょっと前です」

中山は、やはりそうですかと言った。安堵とも憂慮とも取れる息を吐く気配がした。

「今すぐそちらに行きます。三十分ちょっとで着けるかな。もし僕の前にエンドウとかいう人が来ても、会わないで。そうだ、改札口のところまで出ていてもらおう。それなら、ホテルでそいつと鉢合わせせずに済むでしょう」

「はい、わかりました」

理香は了解して、受話器を置いた。中山から指示があったおかげで、どうしようと悩まなくても済みそうだ。だがベッドに腰を下ろしてみると、不安が少しも消えていないのがわかった。

この十日間、全く何も起こらず鬱々としていたのに、この急な展開は何なんだろう。会社でいったい、何が起きているんだろう。中山課長らの営業部門からは、事態の進行状況について、理香が安心できるような詳しい説明は全く為されていない。本当に、このまま言われる通りにしていていいんだろうか。

「えーっと、ベイタウンホテルの正面でよろしいんですよね」

運転手が確認してきた。円堂は「その通り」と返す。行く先のホテルへはコロナ前に、海外の観光客の送迎で何度も行ったことがあるそうで、場所の説明は不要だった。有難いことに渋滞はなく、タクシーは終始百キロ近い速度で飛ばしてくれた。予定より早く、あと数分で着ける。

運転手は、わかりましたと言って左のウィンカーを出した。目の前に、新木場《しんきば》出口の標識が迫っていた。


新木場駅にはJR京葉線、東京メトロ有楽町線、りんかい線の三路線が乗り入れている。立体構造で、改札口は三路線別々になっているが、全て三階にある。一方、ホームはメトロとりんかい線が二階、JRが四階と重層に分かれているため、メトロに乗るには一階から駅に入って一旦三階に上がり、改札を通ってからまた二階に下りるという面倒な行き方をしなくてはならない。JRの他は地下鉄が三路線しかない札幌で暮らしている理香にとっては、なんでこんなややこしい建て方の駅を造ったのかと呆《あき》れるほどだ。

入社したときの研修は東京で受けたが、宿泊施設と研修室は徒歩で行き来できたので、不自由はなかった。ディズニーランドに行ったときは羽田から直通バスだったし、原宿や表参道に行ったときは東京に詳しい連れがいた。今、コンコースの路線図を見上げていると、乗換えアプリをいかに駆使しようが、こんな複雑な電車網を一人で乗りこなせるとは思えなかった。ホテルでじっとしていろと指示されていなかったとしても、あちこち出歩くのは並大抵ではなさそうだ。

言われた通り、メトロの改札口で待った。本社のある駅からここまでは有楽町線一本で二十分ほどと聞いていたので、電話の後すぐ出たのなら、そろそろ着くはずだ。

間もなく、エスカレーターで人が次々に上ってきた。電車が到着したようだ。思ったより乗客の数は少なく、これなら見落とすことはないだろう。

降車客の列の中ほどに、中山の姿が見えた。グレーのスーツにボタンダウンの青いドレスシャツという標準的なクールビズスタイルだ。腹回りが少々目立つ体型と保守的なデザインの眼鏡が、いかにも中間管理職っぽい。

中山は改札の外に立つ理香を認めると、笑顔を作って歩み寄ってきた。

「やあどうも。急にばたばたさせて申し訳ない」

「いえ、どのみち何もすることがありませんでしたし」

ちょっとした皮肉をこめて言った。中山は、「ですよね」と軽く応じ、理香を促して一階に下りた。

「計画部の溝渕さんから連絡が行ったのですか」

理香が妙な問い合わせをしたので、心配した溝渕が中山に知らせたのかと思ったのだ。だが、違うようだ。

「いえ、札幌の支店長からスマホに緊急のメールが入ったので」

中津川支店長から？　訝しむ理香にはそれ以上答えず、中山は高架下にあるコーヒーショップを示した。

「あそこに入ります」

コーヒー飲んで一服する状況なんだろうかと思ったが、駅前の方を見て意図がわかった。コーヒーショップの大きな窓は、ホテルの正面を向いていた。

店に入った中山は、スタッフに断って窓際の席についた。コーヒーを注文してから、向かいに座った理香に、ホテルを指して説明する。

「ここで、エンドウとかいう人物が来るのを見張ります」

やはり、思った通りだ。

「でも、その人の顔は知りませんよ」

「それはそうだが、様子でわかるでしょう」

そうかなあ、と思ったが、中山はそれほど心配していないようだ。素性の見当がついているのかもしれない。

五分も経たないうちに、左手から駅前広場に入ってきたタクシーが、タクシープールには行かずベイタウンホテルの玄関に横付けした。中山も気付いて視線を注ぐ。タクシーから男が一人降りて、急ぎ足でホテルに入った。その間五秒ほどしか見えなかったが、四十かその手前くらいの年恰好《かっこう》で、薄いベージュのジャケットを羽織っているのがわかった。サラリーマンとはちょっと違う雰囲気だ。

「たぶん、あれでしょう」

中山が、コーヒーカップでホテルを指すようにして言った。二人はそのまま、しばらくホテルの玄関に目を据えた。

二分ほどで、その男が出て来た。ちょっと慌てているように見える。一度立ち止まって左右に首を振り、数秒迷ってからこちらの方へ走り出した。駅前広場を回り、理香たちの目の下を走り過ぎる。少し長めの真っ直ぐな髪と、端整な顔立ちが見えた。ジャケットの下は濃いめの青いストライプのシャツに、茶色のスラックス。やはりサラリーマン風ではない。何者だろうか。

「もう少し様子を見ましょう」

中山が言って、コーヒーを啜った。この店のカップは普通の倍以上の容量があるので、腰を落ち着けるにはちょうどいい。理香は「はい」と頷き、窓の下を見た。さっきの男は駅に駆け込んだまま、まだ出て来ない。理香を捜してコンコースを駆け回っているのか。駅員に尋ねたら、さっきまで改札で中山を待っていたのを覚えているかもしれない。だがこの店は駅員から見える場所ではないし、誰も気付いていないだろう。

三十分ばかり過ぎた頃、中山が時計を見て「そろそろいいかな」と呟いた。伝票を摘《つま》み上げ、理香に顔を向ける。

「じゃあ、出ましょう。ホテルへ戻って、荷物をまとめて。チェックアウトします」

ああ、やっと終わりか。理香は安堵で肩の力が抜けた。

「待機は終了ですか。札幌へ帰ればいいんですね」

「いえ、別のホテルに移ります。ここは知られてしまったようなんで」

理香は、自分の顔が強張るのを感じた。

「まだ続くんですか。最初に聞いたときは、そんなに長くなるとは思いませんでしたが」

中山は、宥めるような顔つきになった。

「思ったより事件の収拾が長引いてるんです。さっきのエンドウのような、外部の者も入ってきてるし。初めに言った通り、不正を許すような社内の体制を正さなければならない。そのための大事な証人なんだから、もう少し我慢して」

「お渡ししたUSBは、もう解析が済んでるんでしょう」

「ああ、それは済んでる。でも、その根源を潰さなければ駄目なんです。でも、もうそんなにかからないはずだから、心配しないで」

中山の言うことはわかる。なのでこれまで、指示に従ってきたのだ。しかし、いつ終わるとも知れない状況に置かれ続けるのは、さすがに限界だ。

「困ります。このままずっとスマホの電源を切っていたら友達に心配されるし」

「ご実家の方には、社用で出かけているからと連絡されてるんですよね」

「ええ。そっちは心配してないと思いますけど。でも、LINEもできないとなると」

「わかりました。その点については配慮します。今はとにかく、次のホテルに移って下さい」

中山は、どうしても指示通りにさせるつもりだ。仕方がない。

「今度はどこなんです」

「三鷹《みたか》ってわかりますか」

「ええっと、新宿の先でしたっけ」

「そう、新宿から西へ十五分くらいです。ここよりはだいぶ賑《にぎ》やかですよ」

賑やかでも、基本は缶詰じゃないの。理香の胸の内でくすぶっていた不安が、さらに大きくなっていく。

中山に従い、ベイタウンホテルに戻った。見回したが、エンドウの姿は見えなかった。ロビーに入ったところで、中山が言った。

「ここで待ってます。チェックアウトはしておくから」

理香は、わかりましたと返してエレベーターに乗った。六階で降り、ポケットから出したカードキーを使って、十日間居続けた部屋に入る。荷物は着替えとコスメくらいだ。替えの下着は足りなくなったので、三日前に中山に断って、一駅隣のスーパーで補充した。服はどれも、クリーニングが必要だ。次のホテルでランドリーサービスを使わないと。

衣類をキャリーバッグに詰めてから、理香はベッドに座って盛大に溜息をついた。もういい加減にしてほしい。まさかあと一週間も続いたりしないだろうな。

立ち上がって部屋を出ようとしたが、ふと思い止まって、スマホを出した。手に持ったまま、少し躊躇う。指示に逆らうけど、これが初めてじゃないし……いや、構わない。こうでもしないと、気持ちを静めることができない。理香は電源を入れた。

ＬＩＮＥを開き、和美に宛てて「営業部の指示で宿移る。長引きそう。もうやだ」と打った。和美に何かできるわけでもないだろうが、同情してくれる友人と繋がっているのを確認できれば、落ち着く。

中山を待たせ過ぎるのも良くないと思い、ベッドから立ち上がった。バッグを持とうとしたとき、着信音がした。電源を切り忘れていたのだ。和美の返信に違いない。それにしても、ずいぶんレスが早いなと思いつつ、返信を読んだ。

「営業部ダメ、ヤバい。円堂って人が行くから、そっちの言う通りにして」

理香の顔から、血の気が引いた。


キャリーバッグを引いて、廊下に出た。後ろでオートロックのドアが閉まる。さて、どうするか。エレベーターで下りたらすぐロビーなので、忽《たちま》ち中山に見つかる。階段で下りれば、ロビーから見えない。しかも下りてすぐ脇に、駐車場に出るドアがあったはずだ。駐車場を通って裏の道に出れば、中山に気付かれずに駅へ行けるだろう。その先は、出たとこ勝負だ。羽田への行き方はよくわからないが、東京駅へ出る方法はわかる。ここへ来たとき、東京駅へ迎えに来た中山に連れて来られたのと、逆に動けばいいのだ。

いずれにせよ、素早く動く必要がある。理香は階段室のドアを押し開けた。円堂に連絡を取る方法は、ここを出た後で和美に聞けばいい。

キャリーバッグを持って階段を六階分下りるのは、結構きつかった。一階に着くと、音を立てないよう、そうっとドアを開けて廊下を覗いた。廊下を右に行って曲がったところがロビーだが、その方向に人影はなかった。理香はゆっくりと階段室のドアを閉め、左手の駐車場へのドアに手を掛けた。

そっと開けたつもりだが、僅かに軋《きし》み音がした。ええいもう、ちゃんと油差しといてよ。胸の内で悪態をついて振り返ったが、誰も気付いた様子はない。ほっとして外に出た。三、四十台置ける平面の駐車場には十台ほどが止まっているだけで、人はいない。軋みに注意して、ドアを閉めようとした。そのとき、廊下に中山の姿が現れた。理香が遅いので、エレベーターで様子を見に行こうとしたらしい。が、その手前で気配を感じたか、足を止めてこちらを向いた。慌ててドアを閉める。目は合わなかったが、ドアが閉まる音は聞こえたろう。まずい。理香はキャリーバッグを持ち上げ、走り出そうとした。

一歩踏み出したところで、腕を摑まれた。ぎょっとして振り向く。あの「エンドウ」がそこにいた。エンドウは、仰天する理香を安心させるように、にっこりと笑いかけた。

「初めまして。リスクコンサルタントの円堂と申します。佐野さんから、さっき電話で状況を聞きました。すぐに行きましょう」

「あの……行くって、どこへ」

「私のオフィスです」

円堂はそれだけ言うと、駐車場の車にさっと手を振った。止まっていたグレーのスポーツセダンが動き出し、二人の前まで来た。円堂が後部座席のドアを開ける。

「さあどうぞ。中山課長に摑まらないうちに出ますよ」

考える暇はないようだ。理香はキャリーバッグを後部座席に放り込み、続いて自分も乗り込んだ。同時に円堂が助手席に乗る。

「よし行こう」

いきなりエンジンが唸りを上げ、車が急発進した。理香は慌ててシートベルトをした。そのとき、ドアが開いて中山が駐車場に飛び出すのが、一瞬見えた。何か怒鳴ったようだ。駐車場を出る前にもう一度振り向くと、中山が駅前広場の方へ走る後ろ姿が見えた。

「タクシーを摑まえに行ったようだな。追って来るかな」

円堂が言うと、キャップを被ったドライバーが答えた。

「こっちが表側に回るのに三十秒ほどかかります。その間にタクシーを止めたら、追って来るでしょう」

「万一追って来るようなら、振り切ってくれ」

「わかりました」

そこでようやく理香は、ドライバーが自分より若い女性なのに気付いた。

駐車場のゲートを出て車が走り出すと、深呼吸して気を落ち着けてから、理香は聞いた。

「どうして私が駐車場に来るとわかったんですか」

円堂が振り向いて、笑みを浮かべる。

「佐野さんからの電話で、営業部の人があなたを他のホテルに移すため迎えに来ていると察しました。でも佐野さんが営業部には気を付けろとＬＩＮＥで警告してくれたので、あなたは従わないだろうと。ならば営業部の人がチェックアウト手続きをしている間に逃げようとするのでは。フロントを通らずに逃げるのは駐車場への出口しかないですから、大急ぎで駆け付けたところへ、思った通りあなたが出て来たんです」

「私がこっそり逃げると思ったんですね」

「前科がありますから」

鷺の湯のことを言われたとわかって、理香は赤くなった。

「私があのホテルにいるとわかったのは、なぜですか」

「それは後でご説明します。ちょっとお待ちを」

車が赤信号で止まった。円堂はドライバーの女性の方を向いて、言った。

「二台後ろのタクシーだ。やっぱり追って来た」

「了解です」

ドライバーが短く返事したとき、信号が青に変わった。ドライバーはウィンカーを出して右折した。上を高速が通っている、広い道路だ。湾岸線とかいうのがこれだろう。後ろを見ると、タクシーが続いて右折した。車の速度が上がった。理香が札幌で乗っているミライースなどとは違い、ぐいぐい加速する。後ろのタクシーも、車線変更しながら追随しようとしていた。振り切って、と言っていたが、どうするんだろう。

少し先の信号が、黄色になった。わずかに速度が落ちる。と思った瞬間、急加速した。ええっと思うような速度で交差点に突っ込み、ウィンカーも出さずに右折する。後輪が滑り、悲鳴を上げた。理香も悲鳴を上げそうになる。

車は高速の下をくぐり、反対方向に行く車線に飛び込んだ。タクシーはどうなったかと思ったが、激しい加速と急ハンドルで振り返る余裕がない。車はあっという間に十数台を追い抜き、高速のランプを駆け上がった。さすがにETCゲートでは速度を落としたが、本線に入ると再び強烈に加速した。これでは中山のタクシーも、追いかけるどころではないだろう。

「おい、もう大丈夫だ」

円堂が言ったので、ドライバーは小さく頷き、アクセルを緩めた。半ばシートに押し付けられていた理香は、ようやくゆっくり呼吸できるようになった。そうっとスピードメーターを覗き見る。八十五キロ。いったいさっきは何キロ出していたんだ、と聞く気力はなかった。

十二

レインボーブリッジを渡って天現寺《てんげんじ》で首都高を下り、恵比寿《えびす》近くの円堂のオフィスが入るビルに到着したときには、四時を過ぎていた。十階建てオフィスビルの地下にある駐車場に車を止め、エレベーターで七階に上がる。円堂のオフィスは、その一角にあった。

「さあ、どうぞ」

ドアの鍵を開け、理香を招じ入れる。理香はまだ状況を把握しきれないようで、国会議事堂を見学に来て迷子になった中学生のような顔をしていた。

「そちらに座って下さい」

来客用のソファを勧めると、理香は素直に従って腰を落ち着けた。一度奥に引っ込み、キャップを脱いでレイバンのサングラスからいつもの眼鏡に変えて出て来た杏理が、コーヒーでよろしいですかと尋ねる。理香は一瞬啞然としかけて、はい結構ですと答えた。さっきのドライビングとのギャップに戸惑っているようだ。まあ、普通の反応ではある。

杏理を新木場に呼んでおいて正解だった、と円堂は思った。エイコー不動産開発の中山課長に先んじられるとは。札幌支店の和田次長は、中津川支店長が本社営業本部に連絡するのを止められなかったらしい。畠野が逮捕されたことが営業本部に伝われば、連中がすぐ動き出すのは和田も承知していたろうに。

タイミングは、ぎりぎりだった。まさか向こうも手荒な真似はしないだろうが、別のホテルに連れ去られると、追跡するのは困難だった。逆に中山に尾《つ》けられたが、杏理のドライビングテクニックが物を言った。

ちょっと普段の見た目からは想像し難いが、杏理の運転はバイトでパリ・ダカールラリーに出たことがあるのかと思わせるほどだ。コミュニケーション下手で、いつもは表情をほとんど変えず淡々としているのだが、鬱積するものはあるらしい。円堂は見ていないが、たまに夜中、工場地帯の人気《ひとけ》のない道路で思い切り車を走らせて発散しているようだと、杏理の両親からこっそり聞いていた。時には、サーキット場に行ったりもしているらしい。いずれにせよ、オフィスの社用車として登録しているスカイライン400Rの性能をフルに引き出せるのは、円堂の周囲では杏理だけだ。

コーヒーをテーブルに置いた杏理が、定位置のパソコンの前に座って背を向けると、円堂は理香と向き合って腰を下ろした。

「先ほど、どうやってベイタウンホテルを突き止めたのか、というお話でしたが」

「ええ。ホテルの名前も場所も、誰にも知らせてなかったのに」

「でも、佐野さんへのＬＩＮＥに手掛かりを残してくれましたね」

「え？」

円堂は自分のスマホで和美のＬＩＮＥ画面を撮ったものを見せた。

「電車ですぐ、新幹線からの乗換えの方が遠いくらい、と書いてますね。あなたは東北新幹線で東京駅に着いたわけですから、電車ですぐ、というなら、まあ東京駅から十分くらいの範囲でしょう。しかし、乗換えの方が遠い、というのは重要です。十分以上歩くような乗換えだとすると、東京駅の場合、京葉線ということになります」

京葉線東京駅は、東京駅と隣の有楽町駅との間の地下深くにあり、乗換えが遠いことで有名だ。「東楽町駅《とうらくちょう》」と揶揄《やゆ》されたりしている。東京の路線網に暗い理香は、ぽかんとしていた。

「京葉線で十分くらいの範囲だと、潮見《しおみ》駅、新木場駅、葛西《かさい》臨海公園駅などが考えられます。でもあなたは、周りに何もない、とも言っている。潮見には高層ビル街があって店も多く入っているし、葛西臨海公園には、すぐ前に駅名と同じ大きな公園がある。一方、新木場駅は北側に夢の島公園、南側は倉庫や事務所くらいで、確かに何もない」

「それだけで、わかったんですか」

理香はまだ飲み込めていないようだ。

「まあ、ね。中山課長が電車を使ってくれて、幸運でした。東京駅からタクシーで移動していたら、まず見つけられなかったでしょう」

東京駅から湾岸方面に出る道はいつも混む。中山は、渋滞を嫌って急いだのだろう。

「あなたは景色がつまらないとも言ってますよね。景色が悪いとか見えないとか、そんな言い方じゃない。景色はよく見えるけど、綺麗なものがない、ということだと解釈しました。新木場駅の周りは、高い建物がホテルくらいしかなく、見通しはいいですが、雑然として見るべきものがない。このことも、当て嵌まります。それともう一つ」

円堂は壁に貼ってある都心部の地図を指した。

「エイコーの本社は、市ヶ谷《いちがや》ですよね」

「そうです」

「市ヶ谷からなら、有楽町線一本で来られる。駆け付けやすいんです。現にさっきも、中山課長はすぐに現れましたよね」

　確かに、と理香は頷いた。どうやら納得できたらしい。

「新木場だと当たりをつければ、あの周辺にホテルは三、四軒しかない。順に当たったら、すぐに見つかりました」

「わかりました。理屈に合ってますね」

「中山課長は、次に行くホテルはどこだと言ってましたか」

「三鷹というところだと」

「なるほど。そこも市ヶ谷から中央線で一本です。割にあの人たちも、思考は単純なようですね」

　そうかも、と理香は笑った。

「営業の佐藤さんの名前でホテルに電話されたのは、あなたご自身ですよね」

　円堂はそうですよと微笑み、営業部に電話して佐藤の名を知った経緯を話した。

「私がすぐ中山課長か本社に電話して確認する、とは思わなかったんですか」

　理香が首を傾げるようにして聞く。円堂は頭を掻いた。

「確率は五分五分、と思いましたが、何しろ時間がなくて、もっといい手を思い付けませんでした。でも、あなたが本社に確認するなら、それはこちらにとって必ずしも悪いことではない。少なくとも、営業部からの電話に盲従するほどには連中を信用していない、ということですから」

理香はそれを聞いて、ちょっと感心したような目で円堂を見た。

「もしかして、私がどうやって鷺の湯から姿を消したかも、ご存じなんじゃありませんか」

「うーん」

円堂は考え込むようなポーズを取ってから、微笑んだ。

「実は、ほぼわかってます」

理香の目が、丸くなった。

「本当ですか」

「ええ。鷺の湯にいた時点で、だいたいのところは見えてました」

「鷺の湯に来られてたんですか」

和美からまだその部分は聞いていなかったようだ。どうして、と聞きかける理香を制して、円堂は言った。

「私がなぜ鷺の湯に行ったかは置いておいて、あなたがどう消えたかの話を、先にしましょう」

理香は半信半疑の様子で、じっと円堂の顔を見つめている。

「鷺の湯へは、前に行かれたことがあったんですか」

まず円堂が聞いた。

「ええ。二年ほど前に行って、すごく良かったので、また行こうと和美を誘ったんです」

「あそこは雰囲気もお湯も最高ですからね」

円堂は鷺の湯の情景を思い出して言った。確かにリピートする価値はある。

「鷺の湯には幾つか特徴がありますが、その大きな一つが、フロントから見られずに部屋に出入りできる、ということです。こっそり消えようとするには好都合、と言いますか、必要条件ですね」

侵入については道が一本しかないのだから防犯カメラなどで対処できるし、後は信頼関係なのだろう。

「もう一つ。あそこには、麓《ふもと》寄りに別館があります。別館の宿泊客は、送迎バスに乗って本館のあの有名な露天風呂に入りに行くことができる。別館のお客さんは、大抵そうするようですね」

理香の眉が動いた。別館、という言葉に反応したようだ。円堂は満足して続けた。

「あなたは消えた前日、金曜日の十五時九分田沢湖着のこまち23号から乳頭温泉郷行きのバスに乗り継ぎ、十六時九分にアルパこまくさに着いて送迎バスに乗換え、鷺の湯に着く予定だった。翌日の佐野さんと同じ行程ですね。でも、あなたはこの送迎バスを予約していなかった。実際、送迎バスにも乗らなかった。なのに、鷺の湯には予定された時間に到着している。これはどういうことでしょう」

円堂は答えを聞くように理香を見た。理香は何も言わず、うっすら笑みを浮かべている。いいでしょう、と円堂は肩を竦めた。

「あなたは一本早い十四時七分のこまち21号で田沢湖に着き、アルパこまくさには十四時五十四分に着いた。そこで予約した送迎バスに乗り、別館で降りたんです。そしてそのまま、別館にチェックインした。もちろん、皆川理香という名は使わずに、です」

円堂はもう一度理香の反応を窺った。さっきと同じ笑みのまま、言葉はない。

「アルパこまくさでは、送迎バスの運転手が乗客に対し、予約名簿との照合を行います。予約客が来なければ、運転手は本館フロントに、客が未着のまま出発する旨、連絡します。あなたはそれを避けるため、予約しなかったんですね。代わりに、一本早い送迎バスを別館に宿泊する名前で予約しておいた」

これは確認の念押しのような形で、一応聞いてみた。やはり返事はなかった。円堂は肝心の部分に進んだ。

「別館にチェックインしたあなたは、キャリーバッグに折り畳んで入れていたバッグを出し、バスタオルや化粧品を入れ、本館の風呂に行くと言って次の送迎バスに乗った。別館から乗るぶんには、予約不要ですからね。そして本館に着くと物陰に入り、重ね着しておいた服を脱いで、バッグに突っ込む。服装の見た目を変えたあなたは、膨らんだバッグを手荷物として持ち、皆川理香として本館にチェックインした。それから普通通り入浴し、夕食を摂ってから、また重ね着して元の格好に戻ると、部屋から直接外に出て、帰りの送迎バスに乗って別館に戻った。そして別館で改めて夕食を摂り、翌朝、何食わぬ顔でチェックアウトしてバスで田沢湖駅に行った。どうです」

円堂はそこまで一気に話すと、理香の顔を見てニヤッとした。

「田沢湖駅で目撃されたあなたらしい人は、キャリーバッグを持っていました。でも、鷺の湯のフロントに後で確認したところ、あなたは本館にチェックインしたとき、カンバス地の小ぶりなバッグしか持っていなかった。これも根拠の一つですね。もう一つ言えば、こまちに乗る前に駅でかぶった目立つ赤いキャップも効果的でした。駅員の見た印象はそれに引きずられて、前日に到着した客の中に同じ人物がいたと気付けなかったんです」

二、三十秒の間、堅苦しい沈黙があった。それからふいに、理香が口を開いた。

「旅館の夕食って、品数が多いでしょう」

は？　と円堂が目を瞬くと、理香は笑いながら言った。

「夕飯を二回続けて食べるのは、結構大変でしたよ。勿体《もったい》ないけど、半分近く残しちゃった」

「そりゃあ、ごもっともです」

円堂も一緒に笑った。そこで改めて、理香が聞いた。

「いつ、わかったんですか」

「うーん、それはですね……」

円堂はちょっと頭を掻いてから、言った。

「鷺の湯で、送迎バスが別館に寄ることと、別館から本館の風呂に入りに来られることを聞いてから、たぶんこんなことだろう、と夜になって思い至りました」

「そんなに早く？」

「チェックインした客は、あなた以外は全員チェックアウトしている。なのに、あなたが車やバスで宿を出た形跡はない。とすれば、チェックインの時に一人二役をやったとしか、考えられなかったんです」

理香が啞然とした。

「まいったなあ。ずいぶん頭を捻ったのに。円堂さん、凄いですね」

「恐縮です」

円堂は、拍手を受けた手品師のように頭を下げた。

「それにしても、ずいぶん芝居がかったことをされたものですね。三島さんの事件で怖くなったお気持ちはわかりますが、内密に東京へ行くというだけなら、ここまでしなくても良かったのでは」

「おっしゃる通りですね」

理香は赤面して俯いた。

「ただ、あのときは誰を信用していいか、わからなかったもので。謎めいた消え方をすれば、慌てて怪しい動きをする人が出るんじゃないか、なんて思ったりも」

「それを見ておいてくれ、と佐野さんに頼んだんですか」

「はい……そうなんです」

「こう言ってはなんですが、ミステリー小説の読み過ぎか、サスペンスドラマの見過ぎです」

揶揄された理香は、ますます小さくなった。

「もし捜索願いなんか出されて、三島さんの事件との関連に警察が気付いたら、一騒動起きていたところでした」

「そうならないよう、注意はしてたんですけど……」

理香がひどく恐縮するので、円堂は非難めいた言い方をやめた。

「でもおかげで、私としては好都合なことになりました」

「え？　好都合とおっしゃいますと」

驚いて聞き返す理香に、円堂は「まあいいじゃないですか」と手を振った。理香は食い下がる。

「どうしてあの日、鷺の湯にいらっしゃったかについて、まだ伺ってませんが」

「ああ、ええっと、それはですねえ」

円堂は歯切れ悪く言った。

「私にもクライアントがいますので」

「守秘義務ですか？　クライアントに言われて鷺の湯に行っていた、と？」

「まあ、そんなようなことです。もうじき全部、おわかりいただけるかと」

理香はなおも聞こうとした。が、それを遮るように、円堂が話を変えた。

「例のＵＳＢですが、東京に着いてから中山課長に渡したんですか」

「はい。東京駅に着いてすぐ、渡しました」

やはりね、と円堂は頷いた。不正に関する証拠データは、今は営業本部の手の内にあるわけだ。

「でも、ですよ」

円堂はにっこり笑うと、手を差し出した。

「鷺の湯でのあんな芝居を考えた方が、バックアップを用意していないなんてことは、ないですよね」

理香は一瞬、鳩《はと》が豆鉄砲を食らったような顔をした。が、すぐ円堂に、にっこりと笑い返した。


それまで二人に背を向けて、話を聞いているのかどうかさえ窺わせない杏理だったが、理香からUSBを受け取った途端、猛然と作業を開始した。

「パスワードは？」

画面から目を動かさないまま、杏理が聞いた。理香が八桁の数字を言った。杏理の指が、瞬きする間にそれを打ち込む。画面がぱっと切り替わり、数表が現れた。

「こいつは、浅木工務店の水増し請求か」

「そのようです。表の最上部に、ＡＳＡ・Ｃとあります。ＡＳＡＧＩ　ＣＯＮＴＲＡＣＴＯＲかＣＯＭＰＡＮＹの略でしょう」

後ろから理香が言った。

「それ、たぶん水増し額の指示です。項目と金額調整の計算が入ってます」

杏理が頷き、表をスクロールしていった。似たような表が幾つかあるようだ。工事ごとに作成していたのだろう。円堂は振り向いて理香に聞いた。

「これをどうやって見つけたんです？」

「和田次長から共用フォルダの整理を言われてたんですが、何かの拍子にリストにないファイルが出て来たんです。パスワードがかかってましたが、何だろうと思って、社員コード番号を一人分ずつ入れてみたんです。それだけじゃもちろん開かなかったんですけど、使われていない予備のコードを入れてみたところで、手元が狂って最後に1を二回叩いちゃったんです。そしたら、ファイルが開いて」

「つまり、予備のコード番号の末尾に1を二つ加えたのが、パスワードだったんですね」

それを聞いた杏理が舌打ちし、「馬鹿らしいほど単純」と呟いた。難しいパスワードを設定して後でわからなくなるのを恐れ、覚えやすいパスワードにするのは誰でもよくやっている。だが覚えやすくし過ぎてセキュリティの用を成さなくなる例もあり、これはその典型だった。杏理にしてみれば、こんなパスワードは冒瀆《ぼうとく》に等しい。

「いや……わざとかな。単純過ぎるパスワードにしておいて、誰でもできる、と主張できる逃げ道を作ったか……」

光速で指を動かしながら、杏理がそんな呟きを漏らした。なるほど、そういう考え方もあるか。だが、今それはどうでもいい。

数分経って、杏理が動きを止めた。どうやら一通り解析できたらしい。

「会社特有の用語や適正な見積額については、わかりませんが」

　杏理は画面を手で示した。

「この表は時系列で並んでいます。水増し請求の証拠と言って間違いなさそうですね。ただ、法廷で認められるものかどうか、弁護士と相談する必要はあります」

「よし、わかった」

　当面は会社内で責任追及ができればいい。その先は、杏理が言うように弁護士か、或いは捜査二課の仕事だ。

「それで、もう一つのファイルはどうしますか」

「もう一つ？」

　円堂は首を傾げて理香を見た。理香も不思議そうな顔をしている。

「あの、もう一つって、まだファイルがあったんですか」

　理香が尋ねると、杏理は即座に肯定した。

「この中に、隠しファイルがもう一つあります。ご存じなかったですか」

「ええ、気が付きませんでした」

「そのファイル、出せるかい」

　円堂が言うと、杏理はすぐにキーボードを操作した。画面に、パスワードを要求するボックスが現れた。

「そのパスワードは……」

わかりません、と理香が言いかけたが、杏理は即座に動いた。テンキーとエンターキーの間を、目にも止まらぬ速さで指が飛んでいく。これも畠野が設定したものなら、パスワードもさっきの延長線上にあると見切ったのだ。だとすれば、杏理にとっては練習問題にさえならない。

「出ました」

何がどうなったかさっぱりわからないうちに、ファイルが開いた。理香が覗き込んで、首を振る。

「こんなの、見たことありません」

円堂はそれを制し、画面に表示されたものを覗き込んだ。そして目を眇める。

「杏理君、プリントできるか。どうも液晶画面はスクロールすると目が疲れちまって」

「すぐ出します」

一分と待たずに、プリンターが唸って印刷されたA4用紙を吐き出し始めた。数枚あるようだ。円堂は一枚目を手に取り、ざっと目を通した。そして、ニヤリとする。

「どうやら、考えていた通りのものが手に入ったようだ」

状況を理解できていないらしい理香は、円堂とプリントアウトを交互に見ながら、首を傾げている。円堂はそんな理香を安心させるように、微笑みかけた。

「さて皆川さん、今日は札幌に帰るのは無理でしょうから、この近くの我々がよく知っているホテルをご用意します。チェックインしたら、食事に行きましょう。焼肉の旨い店がありますよ。ジンギスカンじゃありませんけど」

理香はまだ何か聞きたそうにしていたが、思い直したか「はい」と頷いた。

十三

翌朝、円堂は理香と一緒にエイコー不動産開発本社に出向いた。円堂は杏理に車で送らせようとしたが、理香は謝絶した。電車で構わないので、気を遣わないでと言う。もっともだな、と円堂は思った。昨日のような杏理の運転を体験したら、是非もう一度乗せてほしいと言うのは余程のカーマニアか、絶叫マシン・ジャンキーだろう。ただし杏理の名誉のために言えば、社用車であんな運転は余程必要に迫られない限りやらない。

理香を案内して恵比寿駅から山手線外回りに乗った。代々木で中央線各停に乗換えれば、三十分もかからない。理香は口数少なく、窓外を過ぎる渋谷界隈《かいわい》の風景や原宿、代々木周辺の緑を、じっと眺めていた。市ヶ谷で電車を降り、外濠《そとぼり》を見下ろすビルに着いたのは、九時半だった。

エイコー不動産開発の本社は、自社が開発に携わった二十五階建て複合ビルの、十二階から十五階を占めている。受付ホールのある十二階の窓からは、外濠と中央線が下に見え、濠の向こうには防衛省の庁舎が威容を覗かせていた。

受付で来意を告げると、円堂は来客用スペースの一番奥にある部屋に通された。理香の方は、総務部から迎えに来るとのことで、受付に残った。札幌へ戻る前に、本社での聴取があるのだ。緊張気味の理香に、円堂は、大丈夫、というように目で笑いかけた。理香は微笑みを返し、目礼した。

円堂が通されたのはソファのある応接室ではなく、大型のテーブルに椅子が三脚ずつ向かい合う形で置かれた、会議や商談ができる部屋だ。円堂は奥側の真ん中に座り、待った。

冷えた麦茶が出されてから一分後、タイミングを見計らったように廊下で足音がして、ノックとほぼ同時にドアが開けられた。

「お待たせしました」

入って来たのは、デザイナーズブランドのスーツを着こなした、中年の女性。マスクで半分隠れているとはいえ、頬のたるみや皺が全く見えないのは、きめ細かに手入れされているからだろう。もちろん、費用もかけて。

「朝からお時間いただきまして、ありがとうございます」

円堂はさっと立ち上がって会釈した。相手は、いえ、構いませんと言って円堂の向かいの席についた。部下は誰も伴っていない。円堂はブリーフケースから昨日プリントアウトした隠しファイルの書面を出した。

「昨日の夕方、メールでいただいたそのファイル、完璧でした」

天野紀子総務部長はその書面を指し、前置きを一切抜きで言った。

「営業本部長が承認した旨、しっかり記載されていましたからね」

円堂が言うと、天野は口元を緩めた。

「ええ。あのファイルの隠し場所と見つかった状況を考え合わせれば、捏造《ねつぞう》だとか言い逃れしようとしても、無理でしょう」

「ご満足いただけて、良かったです。ただ、訴訟になった場合は、立証に手間取るかもしれません」

「それは考えなくていいでしょう」

天野はテーブルの上で手を組んだ。

「実行されたわけではなく、計画だけですからね。重大なコンプライアンス違反として役員会に報告しますが、そこで決着するはずです」

承知しました、と円堂が言うと、天野の目が少し厳しくなった。

「それにしても、うちの社員が殺人を犯すなんて。瓢簞《ひょうたん》から駒じゃないけど、とんだ事態になったものだわ」

「まったくです。逮捕の件は、今日中には北海道警が発表すると思いますが」

「ええ。聞いています。コメントを出さなくちゃね」

「一応、サンプルを用意してきました」

円堂はブリーフケースから別の書類を出した。社員が会社の業務に関わる重大事犯で逮捕された場合の、対応マニュアルだ。そうしたものは本来、会社の広報担当が用意するが、殺人事件のような事態は経験がないだろうから、円堂の方で作成しておいたものだった。

天野はマニュアルを受け取り、急いで一枚ずつ目を通した。どうやら要望に沿えたらしく、無言で何度か頷いた。

「助かります。仕事が早いですね」

円堂は業務用の笑みを顔一杯に浮かべた。

「札幌で経緯を逐一見ておりましたから、早めに手当てできました」

「途中経過を報告してもらっていたので、こちらも助かりました。十一時からこの対応の件で、広報と顧問弁護士を入れて打ち合わせの予定です」

天野はマニュアルを手元にまとめ、その場でこれを示して検討します、と言った。円堂は、お役に立てば幸いです、と如才なく応じた。

「道警の捜査員から、クライアントの指示で動いているのか、と聞かれたときは困りましたが」

天野が僅かに眉をひそめる。

「こちらとの契約のことを、話したんですか」

「いいえ。三島さんの件については、依頼を受けていない、と答えました。その限りにおいては、間違いありませんから」

天野が目で笑い、「確かに殺人事件の調査については、依頼してませんね」と頷いた。

「皆川の方は今、別室でリスク対策室長が話を聞いています。隠しファイルを見つけた経緯と、営業部に連絡した事情などを」

天野は、ちょっと残念そうな顔をした。結果としては、理香が溝渕に相談したのは間違いだった。溝渕は営業部の人脈に連なっており、理香の話はそのまま中山課長に流されたのだ。もし最初から総務部の方へ連絡を取っていれば、十日間もホテルに缶詰にされる事態にはならなかったろう。

「皆川さんを新木場のホテルに留め置いたのは、営業本部長の指示ですか」

円堂が聞くと、天野はその通りだと認めた。

「私たちが皆川から話を聞く前に、札幌の事態を収拾したかったんでしょう。そのための時間稼ぎです」

ＵＳＢは手に入れたが、理香がもし「もう一つの」ファイルも見ていた場合、その中身について総務に報告してしまっては意味がない。理香にそのファイルのことを尋ねて、もしファイルに気付いていなければ藪蛇になる。営業本部長らは、先に札幌支店にある証拠を隠滅する必要があった。だが、三島の事件で警察が動き出す事態になり、どう収拾すればいいか混乱をきたして、日数を重ねてしまったのだ。営業部の連中にしても、畠野の三島殺しは想定外だったわけだ。そして彼らが隠蔽しようとしたのは、畠野と三島がやった不正ではなかった。

「監査がもっと機敏に動いていれば、ここまで円堂さんを煩わせることもなかったんですが」

天野の言い方には、監査室への非難と言うより自嘲に近いような響きがあった。

「札幌支店の監査で、この件の端緒が摑めたんでしたね」

円堂が隠しファイルのプリントアウトを指して言った。天野が頷く。

「そう、使途不明金らしいものを見つけてからです」

理香や和美が思ったように、監査室は札幌支店の監査で大きな問題を発見していた。だがそれは、水増し請求ではない。監査は通常、金銭の出入りの数字に矛盾がないかどうかをチェックする。畠野と三島の場合、請求と支払いの辻褄は合っていたから、見過ごされていた。監査員が見つけたのは、一千万以上の金の行方が、わからなくなっていることだった。

おそらく隠蔽するときに何らかのミスがあったのだろう。横領の可能性を考えた監査員は、表向き問題なく監査を終わらせ、直ちに監査室長に報告した。監査室で内密に調査したところ、札幌支店の会計に用途不明の口座が存在し、そこにプールされている金額が、監査で見つかった行方不明の金額とほぼ一致することが判明した。

天野が監査室長から報告を受けたのは、この時点だった。状況から言って、私的に着服しようとしたものではない、と考えた天野は、営業部の秘密工作資金ではないかと疑った。古い体質が残る営業部では、かつて贈賄や談合の費用に充てる資金を、秘密口座にプールしておくようなことが、平然と行われていた。そんな悪弊は払拭したつもりだが、またぞろ昔のやり方で業績を上げようと蠢《うごめ》いている奴らがいる。だが、表沙汰にして追及するのは難しい。売上至上主義に染まっている古手の役員らから、逆襲を食らう可能性もあった。と言って、コンプライアンス上、放置は絶対許されない。

天野は、円堂を呼ぶことにした。社外の人間である円堂の方が、動きやすいと判断したのだ。そして円堂が依頼を受けて動き始めた直後、三島の事件が起きた。

「しかし何度も言うようですが、あの殺人事件は誰にとっても予期しない事態でした」

天野は、嘆かわしいというように頭を振った。

「動機について、畠野は何と言っているんですか」

「ある程度聞きました。やはり三島さんから脅迫されたのが原因です」

昨夜、円堂は粟島から電話を受けていた。円堂からも事情を聞きたいので、都合がつくようならできるだけ早いうちに道警本部に来られないか、ということだった。無理ならこちらから出向くというのを、構わないので二、三日中に行く、と返事しておいた。そのとき、恐縮ですと言う粟島に、畠野が自供した内容について聞いてみたのだ。粟島は、捜査中なのでと渋ったが、食い下がると動機の話は教えてくれた。

「三島さんの浅木工務店は、やはり相当苦しくなっていたそうです。水増し請求で得られる金額では焼け石に水で、三島さんとしては、もっと稼ぐ方法はないかと必死だったんでしょう」

「それで水増しの量、単価か件数を増やせと迫ったわけですね。嫌なら、全部ばらす。倒産、廃業に追い込まれるくらいなら、道連れにする、というわけですか」

「ご賢察の通りです。しかしそれだけではなく、大型工事案件に参加させろとも言われたそうです」

天野の顔が曇った。

「大型案件というと……」

「ええ。発寒の件を想定していたようですね」

「発寒か。どうも鬼門ね、あの件は」

天野が渋面になるのも当然だった。監査室が発見した秘密資金は、まさにこの発寒の件に使われる予定だったのだ。天野はテーブルのプリントアウトを、忌々しげに指で叩いた。

「これが実行されていたら、どうなっていたことか」

そこに書かれているのは、贈賄の計画書だった。入札価格を知るために市の開発担当者に渡す金額、エイコーが落札するための談合を行った場合、仕切る人物へ渡す金額、その他便宜を図ってもらう相手への金額が、一覧にして示されている。金額と割り振りを変えたB案、C案もあった。実施時期と役割の検討も為され、営業本部内で本部長以下の誰が承認したか、打ち合わせ記録まで記載されている。表に出たら、かなりまずい内容だった。実行に移される段階で、破棄する予定の資料だったに違いない。

「おっしゃる通りですね。思い切って手を引けばよろしいのでは」

ケチがついた案件は、リスクが払拭されていると確定できない限り、実行しない方がいいに決まっている。円堂の仕事としては、当然ストップを進言する。だが天野は、この場では首を縦に振らなかった。

「それはまた別途、決定します」

「わかりました」

クライアントが別途と言う以上、この場での話はなしだ。

「気になるのは、畠野がこのことを警察に話すかどうかです。このファイルを自分の不正請求のファイルと一緒に共用フォルダに隠したのは畠野なんですから、この贈賄計画にも中心的に加わっていたわけでしょう」

これについても、円堂は検討していた。

「ええ、畠野さんは発寒の件の担当者でしたし、初めから関わっていたはずです。殺人事件に加えて不正請求、横領の件でも捜査されるのは間違いありませんから、喋ってしまう可能性はあります」

天野の表情がまた厳しくなる。円堂は相手を安心させるような鷹揚な笑みを作った。

「でも、喋ったところで贈賄のことは事件にできません。警察との取引材料にはならない。畠野にとって、メリットはないんです」

「三島さんの脅迫に、贈賄計画をばらすという内容が含まれていた場合は。動機を供述するとき、話さざるを得ないでしょう」

「三島さんのレベルで、札幌支店の最高機密である贈賄計画を知る機会があったとは思えません。耳にしていたのは、札幌支店がある大型案件を何としても受注する気でいる、という程度でしょう」

なるほど、と天野が頷いた。

「その贈賄計画書では、下請けに入れる予定の業者も設定されていて、後から工作資金の一部負担を求めるつもりだったようです。浅木工務店の入る余地など初めからありません。それをわかっていたから、畠野は切羽詰まったとも言えますね」

「ええ、そうですね。いずれにしても、私が弁護士なら、畠野さんには余計なことを言うなとアドバイスします。贈賄の話なんか出たら、判事の心証が悪くなるだけです」

それはわかります、と天野が言った。表情がさっきより和らいでいる。

「もう一度確認しますけど、刑事上の問題にはならないんですね」

天野としては、そこが一番気になっているのだ。円堂は、背筋を伸ばした。

「ええ。贈賄についての刑法百九十八条によりますと、申し込みをした時点で贈賄罪が成立します。今回の場合、誰それにいくら贈る、と決めていても、まだ相手方に持ちかけていない。申し込みをしていないわけですから、対象になりません」

あなたにこれだけの金額を差し上げます、と言って相手が断った場合は、実際に金の受け渡しが行われなくても、持ちかけた側は贈賄罪になる。断った側には、もちろん収賄罪は成立しない。このため、贈賄には未遂罪も予備罪も存在しないのである。従って、計画しただけでは罪にはならない。ただし、表沙汰になった場合の社会的信用の毀損《きそん》については、別の話になる。

「談合についても？」

「談合を行った場合、としか書かれていません。実際にどういう段取りで談合する、というような話は一切ないんです」

「警察がこれを知って、リークする恐れは？」

「事件にできないものを警察が漏らしたりはしません。ただし、今後しばらく捜査二課に目を付けられることは覚悟しておいて下さい。今のところは、向こうも実体のないものを掘り起こすほど暇ではないと思いますが」

それは仕方ないですね、と天野は軽く溜息をついた。

「それにしても、中津川支店長はなぜ、いくらプロジェクト担当者だとしても、畠野をこの贈賄計画に深く関わらせたんでしょうね。不正請求なんかに手を染める人間を、そんなに信用するなんて。畠野の不正については、全然気付いていなかったのかしら」

天野は首を捻る仕草をした。営業本部長の承認を受けて贈賄計画を主導したのが、中津川支店長だということはわかっている。本当のところは中津川に聞くしかないが、円堂もある程度推測はしていた。

「気付かないままだったのかもしれません。ですがもし気付いていたのなら、不正をやるような人間だから使ったとも言えます」

「良心がマヒしているから、ということですか」

「それもあります。加えて、水増し請求には目をつぶる代わりにこれをやれ、と言われたら、断れないし裏切る心配もないでしょう」

天野は、それもそうねと呟いて唇を歪めた。中津川のしたり顔でも思い出したのだろうか。円堂は別のことを聞いた。

「水増し請求は畠野さんが私利私欲でやったことで、支店長も営業部門も関与していなかったわけですが、そんなことを始めたきっかけは、何だったんでしょう」

「それこそ、本人に聞かなくてはならないけど」

天野は溜息混じりに答えた。

「人事に昨夜調べさせたところでは、畠野は母親の介護費用の負担で悩んでいたみたい。年金と介護保険で何とかやれてたようだけど、施設に入れる必要が出て来たらしい。その費用までは当てがなかったんでしょう。支店内では口に出さなかったようですけど」

「そうでしたか」

札幌で話しているとき、畠野はそんな素振りを全く見せなかった。支店内の誰にも言っていなかったなら、部外者の円堂に漏らすわけもないが。

「だとすると、同情できなくはないですね」

そこでふと、中津川の様子を思い出した。

「そう言えば、畠野さんが我々に自白したとき、中津川支店長が畠野さんに、励ましのような視線を送ったんです。あれはもしかしたら介護の件を知っていて、贈賄計画について余計なことを喋るな、黙っていたら悪いようにしない、というメッセージだったのかもしれません。あの時点では、まだこちらは贈賄計画に関する証拠を握っていなかったわけですから」

そうであれば、畠野が警察で贈賄計画のことを漏らす可能性は、さらに低くなる。会社としては都合がいいとも言えるが。

「それは考え過ぎでは」

天野が言った。円堂も逆らわず、「そうかもしれません」と返した。天野が言う通り、ただの感触でしかない話だった。

ドアがノックされ、「失礼します」と声をかけて、四十代半ばくらいの痩身の男が入って来た。顔を思い出すのに、二秒ほどかかった。リスク対策室長の山根《やまね》だ。

「お邪魔して済みません」

山根は円堂に詫びてから、天野に言った。

「皆川さんの聴取、終わりました。詳しくは書面でご報告します」

「わかりました。ご苦労様。彼女は？」

「部屋で待機してもらってますが」

「お昼食べさせてあげてから、特に問題なければ札幌へ帰して。彼女も疲れてるでしょう」

山根は、承知しましたと答えて退出した。

「会社としては、彼女のおかげで助かったわ」

天野は円堂に向き直って言った。早急に総務に連絡してくれていれば、とは口に出さなかった。円堂も「確かに」と相槌を打つ。

「和田さんも、よく気付きましたね」

理香が隠しファイルを見つけたのに気付いたのは、和田次長だった。たまたま、その瞬間の理香の様子を目撃していたのだ。パソコンを操作する手を止め、怪訝な顔から次第に強張っていく彼女を見て、セクハラや中傷のメールでも来たのかと和田は思った。そうしたことの防止策と対処も彼の責任だ。

和田は理香にどうかしたのかと尋ねたが、何でもないとの答えしか返ってこなかった。そのときは理香も、誰を信用して話せばいいか迷っていたのだ。支店ぐるみの不正という可能性もあったのだから。

だが、体型のわりに神経質な和田は納得せず、褒められた話ではないが、こっそり理香のメールを調べた。メールには異常なものはなく、和田は念のためアクセス記録をチェックした。そこで共用フォルダの閲覧中に何かあったらしいとわかったが、フォルダを見ても問題がありそうには見えない。普通ならそれで終わってしまうところ、たまたま別の用事があったついでに、和田は知り合いのシステムエンジニアに話をしてみた。そこで隠しファイルの可能性を指摘されたのである。

「ええ。心配性な性格が幸いしました」

天野が笑いながら言った。

「すぐ私に報告を入れてくれましたからね」

和田は天野と直接繋がっており、営業畑の中津川支店長とはそりが合わなかった。それで、念のためと中津川を飛ばして天野に、札幌支店内に何かがありそうだと連絡したのだ。

「例の監査が見つけた件と、関係があるかもしれません」

和田はそんな風に言った。そのときは誰も、水増し請求の件は知らなかったからだ。天野はすぐ、理香に聴取して詳細を調べるよう指示しかけたが、思いとどまった。支店内でそれをやると、中津川の耳に必ず入る。天野はしばらく考えて、円堂に頼むことにした。一方その頃営業本部は、溝渕から理香の相談内容を聞き、中津川支店長に問い合わせた結果、畠野が不正請求と贈賄計画のファイルを一緒に隠していたらしいと知って、震え上がっていたのだ。

円堂をどう接触させるかについては、天野に考えがあった。和田は、直近の週末に理香が和美と乳頭温泉に行くという話を耳に挟んでいた。そこで天野は、和田に理香たちが宿泊する予定の旅館名を聞き出させ、それを円堂に伝えた。

「それにしても、皆川があんな消え方をするなんて、思ってなかったわ」

天野は苦笑気味に言う。円堂は、いやいやとかぶりを振った。

「こちらとしては、寧ろ有難い結果になりました。裏口から入り込む手立てができましたからね」

理香から首尾よく話が聞けても、正面から札幌支店に乗り込んで不正の証拠を探すのは、簡単ではない。だが、姿を消した理香を見つけ出すという名目があれば、中津川に知られないうちに和美を通じて支店の社員に接触することができる。円堂はそれを利用した。

「畠野さんと深く付き合えるようになったのは、幸運でしたが」

「円堂さんは、畠野が怪しいと早い段階で気付いておられたんですか」

それはまあ、と円堂は頭を掻く。

「畠野さんは、贈賄計画より自分の殺人を隠す方に必死でしたから。田中さんに疑いを向けようとあんなアリバイ工作のような真似までして。田中さんへの疑惑を私にも刷り込もうとしているのが、見え見えでした」

「バスと電車を使ってアリバイを仕立てたように見せたんですね。そのアリバイ計画は私も見ましたが」

天野は思い出したように笑った。

「うちの夫が鉄道好きだというのは、ご存じですか」

「いいえ、初めて承りました」

「時刻表とか、好きでしょっちゅう買って来るんです。私が忙しいもんだから、一人で電車に乗りに行ったりしてますし。夫があれを見たら、こんな単純な代物でアリバイか、なんて笑いものにするんじゃないかしら」

円堂は天野に合わせるように笑った。「主人」でなく「夫」というところは、いかにも天野らしい、などと思いつつ。

「贈賄計画のファイルを、自分の不正請求のファイルと合わせて共用フォルダに隠したりするあたり、畠野さんは複雑な陰謀を担うには単純過ぎた、と言えるかもしれません」

「そうですね。警察が本格的に調べ出したら、瞬く間に露見していたでしょう。そうなる前に全貌《ぜんぼう》が摑めて、本当に助かりました」

会社と天野にとって、一番避けたいのは不祥事の不意打ちだ。対処する用意が何もできていないところにメディアが来て混乱をきたし、信用を失った企業は数多い。今回、天野は円堂の報告と助言を受けて、既に万全の態勢を取っている。円堂は無事、リスクコンサルタントとしての仕事を果たした、と胸を張っていいだろう。

「あの、それで少しご相談が」

円堂は、できるだけ低姿勢かつにこやかに言った。

「はい、何でしょう」

「実は今回の調査で、札幌に長期間滞在したこともありまして、経費の方がその、少し嵩《かさ》みまして……できれば追加請求をさせていただけないかと……」

「まあ、そうでしたか」

天野は、円堂に負けないくらいにこやかに応じた。

「ご要望にお応えしたいところなんですが、今回は経費を含めた一括契約で、お支払いは固定額でしたね」

「あ、はあ、それは承知していますが、いささか想定外だった部分もあり……」

「ええ。でも固定額で契約した以上、追加となりますと、稟議《りんぎ》が通るかどうか。余程の根拠がないと、経理の方では承認されないでしょう」

円堂は言葉に詰まった。だが、経理部は天野の影響下にある。今回の件が片付けば営業本部の力が後退し、天野の権力が大きく増すはずだ。事件を憂慮している顔の裏で、天野は快哉を叫んでいるに違いない。それを毛筋ほども見せないあたりは、ミステリアスと評される所以だろうが、円堂はそれに貢献したのだから、多少の融通をきかせてくれても……。

喉まで出かかったところで、駄目を押された。

「今後のこともありますし、やはり契約通りということで」

今後のこと、ですか。定番の殺し文句だ。これ以降も仕事が欲しかったら、四の五の言うなってか。

「……わかりました。今後のこともありますから、ね」

円堂は、やれやれと肩を落とした。やはりクライアントには逆らえない。

十四

「わざわざまた、こっちに出向かれるんですか」

電話の向こうで、堀が言った。

「言えば本部の連中が東京まで伺ったでしょうに」

「いや、こちらも札幌支店のあの後の様子を、見に行っておく必要もありますし」

ご苦労ですなあ、と堀が言った。揶揄ではないようだ。

「それで、本部に行った後でそちらにも寄らせていただこうかと」

「余市まで来られるんですか」

堀は意外そうだった。

「ええ。積丹はいいところですからね」

「まあ確かにいいところですが。それだけですか」

円堂は苦笑した。やはりベテラン刑事は誤魔化《ごまか》せない。

「実は、逮捕後の畠野さんの様子を知りたいと思いまして。本部の粟島さんは、その辺りガードが厳しそうですから」

スマホを通して、笑い声が聞こえた。

「私だって、そう人が好《い》いわけじゃありませんよ。この前のやり取りでおわかりかと思いますが」

円堂もそれに応じて笑った。

「否定はしませんが、失礼ながら、粟島さんたち本部の方々ほどドライでもない、と思いました」

「はは、なるほど。まあ、田舎刑事ですからな、私なんぞは」

堀は自虐風に言ったが、満更でもないようだった。

「ところで、畠野さんの動機が母親を介護施設に入れるためだった、というのはご承知ですか」

「ええ、知っています」

堀の口調が、若干硬くなった。

「ですが、動機に拠《よ》らず横領は立派な犯罪です」

「ごもっともです」

「それに、介護施設の費用を稼いだ時点でやめようとした形跡もありません。出だしはどうあれ、続けているとマヒしてくるんですよ、やっぱり」

「それは理解できます」

円堂も真面目な口調になって言った。

「だからこそ畠野さんがなぜ深みに嵌まっていったのか、それに周囲が気付き、止める手段はなかったのか、そこをしっかり見極めて、再発防止に繋げなくてはならないんです」

「それが大義名分というわけですな」

「私の、仕事ですから」

ふうん、と堀が唸ってから、二、三秒間が空いた。それから堀が言った。

「本部の聴取が終わってからだと、こっちは夕方になりますか」

「ええ、そう思います」

「この前、美国にウニを食べに行かれたんでしたな」

「はい。あれは絶品でしたね」

「この辺で美味《うま》いのは、ウニだけじゃありません。魚のいいやつは、一杯あります。そいつを味わっていただくとしましょうか」

円堂は、ニヤリとした。想像するだけで生唾《なまつば》が出る。

「楽しみにしてますよ」


電話を切ると、それまでパソコンに張り付いてこちらに背を向けていた杏理が、椅子を回して振り向いた。

「明日の北海道は、日帰りでなく泊まりですか」

「うん？　ああ、そうなるね」

「この費用は、警察からは出ませんね」

「出るわけないさ」

「エイコー不動産開発からも、出ませんね」

「ああ……出ないな」

天野部長の顔を思い出し、首筋に汗が出た。

「純粋な支出ですね」

杏理がこちらをじっと見据えている。表情を少しも変えずにじわじわ攻めてくるのが、何とも不気味だ。円堂はそうっと体を引いた。

「次回からは必ず、使った経費を別途精算できるような契約にして下さい」

「あ、ああ、そうするよ」

杏理は、円堂をもう一睨みして付け加えた。

「クライアントだけでなく、ご自身のリスク管理もきちんとお願いします。赤字は論外ですし、信用問題にもなりかねません」

「……申し訳ない」

まったくもって、正論だ。円堂は、がっくりとうなだれた。

解説

山前　譲

謎解きと関係があるのかどうかはっきりしないのにもかかわらず、〝いかにも秘湯らしい雰囲気だと満足し、一人で何度も頷《うなず》いた〟とか、〝運ばれて来たウニ丼に目を見張る。瑞々《みずみず》しいウニが丼からはみ出すほどびっしり並び、ご飯が見えない〟といった描写に思わず引き込まれてしまうのは、やはり人間の性《さが》だろうか。

山本巧次《やまもとこうじ》氏の書き下ろしミステリー『乳頭温泉から消えた女』では、旅情とグルメを連結してのサスペンスフルな謎解き列車が走っている。

北海道の西部、積丹《しゃこたん》半島の海岸で男性の死体が発見された。三島卓朗《みしまたくろう》、今年五十一歳になる。小樽《おたる》の建築会社浅木工務店《あさきこうむてん》の専務取締役だが、その会社は資金繰りが苦しくなっているらしい。自殺なのか？　余市《よいち》警察署の刑事・生活安全課のベテラン刑事を中心に堅実な捜査が展開されていく。

一方、秋田県の乳頭温泉郷では不可解なことが起こっていた。ある旅館で、札幌の不動産会社に勤めている女性が、姿を消してしまったのだ。チェックインしたのは間違いないのだが、翌朝、部屋にその姿はなかった。防犯カメラ等をチェックしてもどこかに出かけた形跡はないのである。

このふたつの事件がしだいに絡み合ってミステリーとしての興味をそそっていく。北海道のメインの都市である札幌から西へまっすぐ向かうと、小樽、余市を経て日本海に突き出している積丹半島に至る。途中までは鉄路があるが、その半島に辿《たど》りつくにはバスと徒歩が頼りだ。北海道ならではであるけれど、積丹の語源はアイヌ語のシャク・コタン（夏の村）だという。急峻《きゅうしゅん》な崖を中心とした風光明媚《ふうこうめいび》な海岸線は、ニセコ積丹小樽海岸国定公園に指定されている。

このミステリーで死体が発見された島武意《しまむい》海岸は「日本の渚百選」のひとつとのことだが、残念ながらその絶景を楽しんだことはない。ただ、そこからさらに西へ行った神《かむ》威《い》岬へはかつて訪れたことがある。日本海を一望できる岬はまさに絶景としかいいようがなかったけれど、高いところが苦手な人はちょっと覚悟したほうがいいだろう。

乳頭温泉郷は秋田新幹線の田沢湖《たざわこ》駅からバスが出ているが、日本一有名な秘湯というだけあって、アクセスは積丹半島同様にちょっと不便である。七つの温泉があり、それぞれに趣があるようだ。

残念ながら乳頭温泉を堪能したことはないけれど、同じ秋田県、湯沢《ゆざわ》市の泥湯《どろゆ》温泉に一か月ほど逗留《とうりゅう》したことはある。ここも歴史ある秘湯として有名なところで、年配の湯治客と楽しく語らったことが思い出される。秋田県にはそうした湯治を目的とした秘湯がたくさんあるから、温泉ファンにはお馴染《なじ》みの地域だろう。

その乳頭温泉と積丹半島を結びつけるのがリスクコンサルタントの円堂雅流《えんどうまさる》だ。彼は企業が抱えるさまざまなリスクに対処してきたようだが、ここでは不正請求にまつわる案件に取り組んでいる。

乳頭温泉での女性の消失事件にかかわった円堂は、札幌へと転じて調査を進めている。そして積丹半島での死体の謎を、リスクコンサルタントとしての立場から解いていくのだ。積丹半島という地域ならではのアリバイ崩しが興味をそそる。トラブルが目の前にあると放っておけないという性分の円堂は、まさに探偵役にはうってつけだ。

山本巧次氏は二〇一五年、『大江戸科学捜査　八丁堀《はっちょうぼり》のおゆう』でデビューした。第13回『このミステリーがすごい！』大賞で最終候補に残った作品を加筆修正したものである。江戸時代、文政《ぶんせい》年間での謎解きだが、探偵役のおゆうは二百年の時を隔てて二重生活をおくっている女性だった。現代の科学的知見を推理に反映できるのだが、それをあからさまには語れない。そのジレンマがユニークなシリーズは順調に作品を重ねている。

ただ、本作との関連でいえばやはり、二〇一七年に刊行した『開化鐵道探偵』（文庫化に際して『開化鉄道探偵』と改題）以下の、鉄道をテーマにした作品群に注目すべきだろう。その長編は、日本で鉄道が営業運転を始めてまだ間もない一八七九年、明治十二年に掘削中の京都・大津間の鉄道トンネルにまつわる事件だった。元八丁堀同心の草《くさ》壁賢吾《かべけんご》が探偵役で、彼は六年後、『開化鐵道探偵　第一〇二列車の謎』で江戸埋蔵金にまつわる事件も解決している。

さらに、大阪南部を走る路面電車をテーマにした連作の『阪堺電車１７７号の追憶』、アメリカかぶれの名探偵が南信州《みなみしんしゅう》の鉄道計画にまつわる事件の謎に挑む『希望と殺意はレールに乗って　アメかぶ探偵の事件簿』、名刑事の孫娘が大手私鉄のトラブル解決に奔走する『早房希美《はやふさのぞみ》の謎解き急行』、戦前の南満州《みなみまんしゅう》鉄道の急行列車内で事件が起こる『満鉄探偵　欧亜急行の殺人』といった鉄道関係の作品がある。

そして本作との関連でいえばやはり、北海道を舞台にした『途中下車はできません』と『留萌《るもい》本線、最後の事件　トンネルの向こうは真っ白』にも注目したい。『途中下車はできません』は、富良野《ふらの》線、釧網《せんもう》本線、宗谷《そうや》本線、根室《ねむろ》本線、函館《はこだて》本線、そしてまた富良野線と、北海道を東西南北にめぐっての連作が最後、見事に収束していた。

『留萌本線、最後の事件　トンネルの向こうは真っ白』はローカル線での乗っ取り事件である。そのスリリングな展開と、赤字路線が多い北海道の鉄道の現状を捉えた社会派ミステリーとしての味わいが融合している。

山本氏は鉄道会社の勤務が長いだけに、これまで数多く書かれてきた鉄道ミステリーの世界にあって、ひと味違った視点からユニークなストーリーを展開してきた。

そして本作でも、とりわけメインとなっているわけではないけれど、アリバイに鉄道が絡んでいる。さりげなく「ロイヤルエクスプレス北海道」を登場させているところが、山本作品ならではのテイストではないだろうか。事件関係者のひとりがいわゆる「撮り鉄」で、その列車を撮影しに行ったというのがアリバイとなっているのだ。

「ロイヤルエクスプレス北海道」のルーツは首都圏と伊豆《いず》を結んでの「ザ・ロイヤルエクスプレス」である。二〇一七年七月から走りはじめた豪華な観光列車だった。それが二〇二〇年夏、JR北海道、JR東日本、東急《とうきゅう》電鉄、JR貨物の四社共同の観光列車となりプロジェクトとして、北海道でクルーズ・トレインが運行された。

しかも本州《ほんしゅう》で走っていたときとは編成が違うというのだから、注目を集めたのは当然だろう。その後も運行パターンを変えて北海道を走るようになった。もちろん時期と区間を限定して走る列車だから、それを写真に撮ったならばこんな確固たるアリバイを証明するものはないのだ。

そして後半、さまざまな交通機関を絡めて、円堂のリスクコンサルタントならではの推理行が北海道で展開されている。東京の事務所にいるアシスタントの鹿納杏理《かのうあんり》のサポートもじつに頼もしい。

円堂の探偵行とともに、札幌、積丹半島、小樽、余市と、多くの観光客を誘《いざな》う北海道の旅情をたっぷり味わえるはずだ。いまや札幌の名物グルメとなったスープカレー、ちょっと閑散としているのが寂しい小樽、ウイスキーの有名なメーカーが人気の余市など、社会状況が反映されてのストーリーとなっている。

積丹半島もいま、揺れ動いている。北海道唯一の原子力発電所がある泊村《とまりむら》や、高レベル放射性廃棄物の最終処分場に名乗りを上げている神恵内村《かもえないむら》が、積丹半島に位置しているからだ。観光地としての魅力はまったく薄れていないが、地元住民はさまざまな問題に直面しているに違いない。

そして本作の舞台との関連でなにより気になるのは北海道新幹線の行く末だ。二〇一六年三月に新青森《しんあおもり》・新函館北斗《しんはこだてほくと》間が開通し、二〇三〇年度末の開業を目指して札幌まで工事がすすめられている。そこで問題となっているのは函館本線の、長万部《おしゃまんべ》から倶知安《くっちゃん》、余市、小樽、そして札幌へといたる区間の扱いである。

新幹線と並行することで、その存続が取りざたされているのだ。沿線住民の減少によって北海道の鉄路はどんどん廃止されてきた。しかし、函館本線は明治時代からの基幹路線である。はたしてバスに転換されるのか。それとも鉄路として存続するのか。山本氏にとっても気にかかるところではないだろうか。

終盤、その北海道から舞台を東京に転じてサスペンスたっぷりのストーリーが展開される。リスクコンサルタントとしての現代性と、北海道や東北の観光地としての魅力が巧みに組み合わされたミステリーを、ここで堪能できるに違いない。

（やままえ・ゆずる　推理小説研究家）

本書は、集英社文庫のために書き下ろされた作品です。

集英社文庫　目録（日本文学）

山﨑宇子　ラブ×ドック
山崎ナオコーラ　「ジューシー」ってなんですか?
山田詠美　メイク・ミー・シック
山田詠美　熱帯安楽椅子
山田詠美　色彩の息子
山田詠美　ラビット病
山田かまち　17歳のポケット
山田裕樹・編　智に働けば　石田三成像に迫る十の短編
山田吉彦　ONE PIECE勝利学
山中伸弥　畑中正一　iPS細胞ができた!　ひろがる人類の夢
山前譲・編　文豪の探偵小説
山前譲・編　文豪のミステリー小説
山本一力　銭売り賽蔵《さいぞう》
山本一力　戌亥《いぬい》の追風《おいて》
山本兼一　雷神の筒
山本兼一　ジパング島発見記

山本兼一　命もいらず名もいらず(上)幕末篇
山本兼一　命もいらず名もいらず(下)明治篇
山本兼一　修羅走る　関ヶ原
山本巧次　乳頭温泉から消えた女
山本文緒　あなたには帰る家がある
山本文緒　ぼくのパジャマでおやすみ
山本文緒　おひさまのブランケット
山本文緒　シュガーレス・ラヴ
山本文緒　まぶしくて見えない
山本文緒　落花流水
山本雅也　キッチハイク!　突撃!　世界の晩ごはん　～アンドレアは素手でパリージャを焼く編～
山本雅也　キッチハイク!　突撃!　世界の晩ごはん　～ソフィーはタジン鍋より圧力鍋が好き編～
山本幸久　笑う招き猫
山本幸久　はなうた日和
山本幸久　男は敵、女はもっと敵
山本幸久　美晴さんランナウェイ

山本幸久　床屋さんへちょっと
山本幸久　GO!GO!アリゲーターズ
唯川恵　さよならをするために
唯川恵　彼女は恋を我慢できない
唯川恵　OL10年やりました
唯川恵　シフォンの風
唯川恵　キスよりもせつなく
唯川恵　ロンリー・コンプレックス
唯川恵　彼の隣りの席
唯川恵　ただそれだけの片想い
唯川恵　孤独で優しい夜
唯川恵　恋人はいつも不在
唯川恵　あなたへの日々
唯川恵　シングル・ブルー
唯川恵　愛しても届かない
唯川恵　イブの憂鬱

集英社文庫　目録（日本文学）

集英社文庫 目録（日本文学）

集英社文庫

乳頭温泉《にゅうとうおんせん》から消《き》えた女《おんな》

2022年 4 月30日　第 1 刷　　　定価はカバーに表示してあります。

著　者　山本巧次《やまもとこうじ》

発行者　徳永　真

発行所　株式会社 集英社
東京都千代田区一ツ橋2-5-10　〒101-8050
電話　【編集部】03-3230-6095
【読者係】03-3230-6080
【販売部】03-3230-6393（書店専用）

印　刷　大日本印刷株式会社

製　本　ナショナル製本協同組合

フォーマットデザイン　アリヤマデザインストア　　マークデザイン　居山浩二

ISBN978-4-08-744377-6 C0193